KAKASHI
HIDEN

NARUTO
-ナルト-

カカシ秘伝 氷《ひょう》天《てん》の雷《いかずち》

KAKASHI HIDEN

岸本斉史
東山彰良

目次

の雷

人物紹介
はたけカカシ
木ノ葉隠れの里の忍
HATAKE KAKASHI
うずまきナルト
木ノ葉隠れの里の忍
UZUMAKI NARUTO
マイト・ガイ
木ノ葉隠れの里の忍
MIGHT GUY
我《が》龍《りょう》
龍波武装同盟の頭
GARYO
羅《ら》氷《ひょう》
龍波武装同盟の忍
RAHYO
華《か》氷《ひょう》
龍波武装同盟の忍
KAHYO

プロローグ
新たな秩序

地上五百メートル上空の強風を受けながら、サイがふり向く。

「本当にひとりで大丈夫かい、ナルト?」

「ああ」ナルトは、はるか下方にある、敵地をにらみつけた。「問題ねェってばよ」

「だけど、きみの手はまだ……」

「あんなやつら、片手で大丈夫だってばよ」

超獣偽画《ちょうじゅうぎが》によって作り出された鴻《おおとり》は、夜陰《やいん》にまぎれて、地上からは目視できない。

が、ナルトの眼には、ちゃんと地上が見えていた。

すでに丑三《うしみ》つ時《どき》だというのに、標的《ターゲット》の潜《ひそ》む荒山の谷には、まだ夜警の松明《たいまつ》が煌々《こうこう》と燃えている。

あちこちに見張りの忍《しのび》が立っていた。

切り立った岩壁と、まるで剣山《けんざん》のような稜線《りょうせん》が、冷たい月明かりを受け、しっとりと濡《ぬ》れているように見えた。

「まさに天嶮《てんけん》の要害《ようがい》……」サイがナルトの心中を代弁した。「我龍《がりょう》はこういうところを転々としてるんだね」

「そんで、波《なみ》の国の人たちを殺してたんだ」

ナルトは奥歯をぎゅっと噛《か》み締《し》めた。

第四次忍界大戦《にんかいたいせん》の終結から一年後、風の強い九月の夜であった。

しゅうしゅうと哭《な》きながら、風が谷間を吹き抜けてゆく。

いったんその場を抜け出すと、サイとナルトを乗せた鴻は大きく旋回《せんかい》し、また我龍のアジトを真下に捉《とら》えた。

「あまり深く考えないことだよ、ナルト。第四次忍界大戦は、なにも人類最後の戦争ってわけじゃない」

「…………」

「残念だけど、マダラの思想に共鳴する人たちは、これから先も出てくる」ナルトが鴻の背から飛び降りるまえに、サイはそう言った。「我龍のようにね」


ゴオオオオオオオ！

空気を切り裂く音を聞きながら、夜空を落下していくナルトは、左手の人差し指と中指をからめて十字を作った。それはサスケとの戦いで右腕を失ってから、新たに修得した印《いん》の結び方である。

「多重影分身《たじゆうかげぶんしん》の術！」

ボンッ、と白煙が逆巻《さかま》き、見張りたちが気づいたときには、すでに我龍のアジトは影分身たちに包囲されていた。

「敵襲だ！」

そこかしこで怒声《どせい》があがった。

「我龍様をお守りしろ！」

岸壁にへばりつくようにして建っている小屋から、そしてあちこちの洞窟《どうくつ》から、敵の忍たちが飛び出してくる。

影分身たちがクナイを飛ばすと、数人がいっぺんに倒れた。

背後から敵の斬撃《ざんげき》を受けたナルトが、ボンッ、とはじけて煙と消える。

アジトの中央広場は、たちまち怒号《どごう》飛び交《か》う戦場《いくさば》と化した。

ナルトは左右に目を走らせ、事前にカカシから知らされていた洞窟を探した。

天井から垂《た》れた尖《とが》った岩が、二本の牙《きば》のように見える洞窟——その洞窟だけが、山々によって外界と隔絶《かくぜつ》された我龍のアジトに出入りできる唯一《ゆいいつ》の道なんだ、とカカシは言った。

「だったら……やつが脱出しようと思うんなら、その洞窟へ逃げ込むしかねェってばよ！」

影分身たちと敵が死闘《しとう》を演じている先に、その洞窟はあった。

まるで牙を剝《む》いた獣の口のようなその洞窟に、忍たちに守られ、長衣の裾《すそ》を引きずりながら駆け込もうとする小男――

「我龍ぉおおお！」ナルトの声が岩壁に反響した。「てめェ、ぜってー逃がさねェかんなっ！」

その谺《こだま》が消えるまえに、敵の忍がひとり、ナルトの前に立ちふさがった。雪のように白い忍装束《しのびしょうぞく》をつけ、顔には鈎《かぎ》模様のある白い面をつけている。

「邪魔すんなってばよ！」

すかさずクナイを飛ばすナルト。

しかし、その切っ先が触れるや、仮面の忍は霧のようにゆらめいて消える。のみならず、気がついたときには背後を取られていた。

「氷遁《ひょうとん》・地《じ》鎖連氷《されんひょう》！」

背中を軽く、とん、と突かれただけだった。そのせいで少しつんのめりはしたが、倒れるほどではない。

ナルトは足を踏ん張り、ふり向きざま、仮面の忍に向かってクナイを一閃《いっせん》させた——いや、させようとした。

できなかった。

「な、なんだってばよ……？」

体の内側をひっかかれるような感覚は、次の瞬間には激痛に変わった。


ビキ、ビキ……ビキビキビキビキ！


まるで血管から無数の冷たい棘《とげ》が生《は》え出《だ》し、体の中をズタズタに切り裂くかのようだった。

「ううう……」

膝《ひざ》をついてうめくナルトの口から、白い呼気が漏《も》れる。

いくら山の夜気《やき》が冷たいとはいえ、まだ九月である。なのに、ナルトは歯をガチガチいわせて、激しい寒さに体を打ち震わせた。

凍《い》てつくような寒さは、仮面の忍に突かれた背中からさっと全身に広がっていく。体をおおってゆく霜《しも》が腕や足に回り込み、顔にまで這《は》い上《あ》がった。

ビキビキビキビキビキビキビキ！


なんとか体を動かそうとしたが、薄い氷片が数枚、パリパリと剥《は》がれ落《お》ちただけだった。

氷の縛《いまし》めは、まるで鎖《くさり》のように、ナルトをがんじがらめにしていった。

仮面の忍は凍りついてゆくナルトには目もくれず、我龍のほうへとってかえす。

「我龍様、さあ、こちらへ……」

が、我龍は動こうとしない。それどころか、我龍を守っていた三人の忍が、バタバタと倒れた。

「!?」

鈎模様のある面の下で、敵は目をすがめたようだった。

我龍の背後の闇《やみ》から、クナイを握りしめた手がすうっと現れる。

「そういや、白《ハク》もそんな面をつけてたっけな」ナルトは標的の首筋にクナイを突きつけた。

「そんで、この氷の技……てめェ、霧隠《きりがく》れの抜《ぬ》け忍《にん》だな？」

「やはり、本体じゃなかったか……」仮面の忍は、自分がたったいま仕留《しと》めたばかりのナルトを、ちらりとふりかえった。「うちはマダラを倒したあのうずまきナルトにしては、手ごたえがなさすぎるとは思ったが」

氷に囚《とら》われていた分身が、ボンッ、とはじけて消える。すると氷の縛めも、冷たい音を立てていっぺんに砕け散った。

ナルトと相手の視線が交差する。

「我龍様をかえしてもらおう」

「そりゃできねェ相談だってばよ」ナルトは仮面の忍をにらみつけた。「お前らのせいで、波の国の人たちが何百人も死んだからな」

「理念のためだ」

「マダラの理念か？　それはもうあの戦争で――」

「うちはマダラの失敗は」ナルトをさえぎったのは、我龍だった。「全世界に一度に無限《むげん》月読《つくよみ》をかけようとしたことだ」

ナルトは、自分がクナイを突きつけている色の浅黒い小男を、見下ろした。全身にまとっている揺るぎない覇気《はき》は、首筋に押し当てられたクナイなど、ものともしていないようだった。長い白髪をひとつに束《たば》ね、白い顎《あご》ヒゲを生やしている。切れ長の眼が、片方だけ白く濁《にご》っていた。

「しかし、マダラの考えそのものは間違ってはおらん」長衣の裾を風になぶられながら、我龍は続けた。「世界から争いをなくし、究極の正義を実現するためには、無限月読しかない。たしかに、マダラは死んだ。無限月読も、うちはサスケによって永遠に葬《ほうむ》り去《さ》られた。しかし、だからといって、彼の理念まで死んだことにはならん。ほかのやり方でも、一歩一歩マダラの理念には近づいていけるはずだ。わしはそう信じとる」

「なにをするつもりなんだってばよ？」

「究極の正義とはなにか？　それは全《すべ》ての人々の平等だよ。この世の不幸は、全て不平等に起因する。では、その平等を実現するにはどうしたらよいか？　それは個人の自由を管理することだ。金儲《かねもう》けをする自由、他人より多くのものを所有する自由、他人より楽をする自由——わしらはそんな自由を管理するために戦っておる。わしらの試みが上手《うま》くいけば、やがてほかの国も賛同するようになる。この世の全ての自由が管理されるようになる。これこそがうちはマダラの理念の真髄《しんずい》、そして世界の新しい秩序となる」

「それで、お前らは波の国を実験場に選んだってのか？」ナルトは嚙み締めた奥歯のあいだから声を押し出した。「この国には隠れ里《かくざと》なんかねェんだぞ。戦うことを知らねェやつらを殺してまで……もともと平和だったこの国に憎しみや悲しみを持ち込んでるのは、てめェらのほうだろうが」

「この世が不平等であるかぎり、憎しみや悲しみのない国などない」

風が洞窟の中へ向かって吹き込み、ナルトの、腕のない右袖《みぎそで》をはためかせた。

「この国には隠れ里がない。だから、抜け忍たちがたくさん身を寄せとる。波の国へやってきた抜け忍たちは、殺し合うことにうんざりして、忍だったことを隠して、ふつうの人間として生きようとしとる。彼らが求めとるのは、ささやかで、人間らしい暮らしだ。だが、幼いころより殺し合いの訓練しかしてこなかった彼らに、なにができる？　波の国の者たちは、そんな彼らを見下《みくだ》し、彼らの尊厳を金で買えると思っとる。武力が必要なときも、金を出してきみのような者を雇《やと》えばよいと思っとる。自分の手を汚《よご》すことなく、金で全てが解決できると思っとる。金！　金！　金！　金を持たん者は、人間扱いすらしてもらえない。きみがいま戦っている相手もそうだ」

ナルトは仮面の忍に目を向けた。

「スズメバチに刺された息子《むすこ》さんを病院に運んだら、医者がおらんかった。次の病院も、そのまた次の病院も、どこにもおらんかった。やっと医者とも言えんような怪しいまじない師を捜し当てたときには、息子さんはショック症状で死にかけとった。もちろん、まじないなど、なんの役にも立たなかった。すぐに治療をしたら、あるいは助かったかもしれん。しかし、波の国からは医者がひとり残らず消えておった。なぜだと思う？」我龍は言葉を切り、苦しげに声を絞《しぼ》り出《だ》した。「第四次忍界大戦で負傷した忍の手当てをするために、五大国がみんな買いあげとったからだよ」

「！」

「もし波の国が平和だというのなら、それは貧しい者を踏みつけ、札束の上に築きあげられた平和だよ」我龍が言った。「それでも、きみは本気でこの国に憎しみや悲しみはないと言えるのかね？」

口をつぐんだナルトの代わりに声を発したのは、仮面の忍だった。さっと腰を落とすと、地面に手のひらをたたきつけた。

「氷遁・地鎖連氷！」

「!?」

腹に響く衝撃波が走り、地面を割って下から無数のつららが生え出す。つららは洞窟の天井を刺《さ》し貫《つらぬ》き、ナルトと我龍の立っている場所を用心深く避け、洞窟の奥へとのび、あっという間《ま》に脱出路をふさいでしまった。

「私の地鎖連氷は、わずかな水分さえあれば、なんでも凍らせることができる」仮面越しの声は低く、かすれていた。「これでもう、お前はどこへも行けない……我龍様をかえしてもらうぞ」

敵の忍たちが、どんどん集まってくる。

「あんたの息子のことは、気の毒に思う」

「……………」

「けど、あんたらがやってることは納得いかねェってばよ」ナルトは言った。「自由を手放そうとしねェ人たちを殺して、それで残ったみんなが幸せになれるってのか？　そんなの、新たな憎しみを生むだけだってばよ」

「痛みを伴《ともな》わない変革はない」仮面の下で、敵が言った。「これは、新たな秩序を実現するための、産みの苦しみなんだ」

「もっとほかに、やり方があるはずだってばよ」

「お前と、ここで議論するつもりはない」

「……………」

「来ないなら、こちらから行かせてもらうぞ」

「悪《わり》ぃが、あんたと戦うつもりはねェ」

言うなり、ナルトは我龍を片腕にかかえ込み、地面を蹴《け》って跳《と》び上《あ》がる。

「逃げるか！」一拍遅れて、仮面の忍も宙に舞い上がった。そのまま空中で、素早く印を結ぶ。「氷剣《ひょうけん》の術！」

ガラスの砕けるような音が、山間《やまあい》に響き渡った。

大気中の水分が凝縮し、無数の氷の短剣となってナルトに襲いかかる。氷の切っ先が月明かりをはじいて、キラキラと光った。

が、ニヤリと笑ったのは、ナルトのほうだった。

氷の剣に刺し貫かれる寸前、黒い旋風がさっとナルトと我龍をかっさらう。むなしく空《くう》を切った氷剣が、岩壁に突き刺さった。

ピイイイイ、という鳥の声が、谷間に谺した。

着地した仮面の忍は、燃えるような青白い眼で、黒い鳥に連れ去られる我龍を見上げた。

「ナイスタイミングだってばよ！」

「上手くいったね」

鴻の背の上では、ナルトとサイが手のひらを打ち合わせていた。

「あれから、もう六年以上か……てこたあ、オレってば、まだ十二歳だったのか！　あれはオレたち第七班の、初任務だったんだってばよ。カカシ先生がいて、サクラちゃんがいて、サスケのやつもいてよ——」

「たった六年だよ」

イナリはナルトの言葉を正した。イナリは十四歳のはずだが、もっとずっと大人《おとな》びて見えた。腰にトンカチやらノコギリやらを収めた、革《かわ》の工具袋をさげている。

「たった六年で、波の国はすっかり変わってしまった。ナルトの兄ちゃんだって、気づいてるんだろ? ナルトの兄ちゃんだって……」

「この右手のことを言ってんのか?」

イナリが目をそらした。ナルトの右手は、サスケとの戦いで、二の腕から先が失われていた。

「こんなの、どうってことねェってばよ!」ナルトは大口を開けて、豪快に笑ってみせた。

「腕なんかより、もっと大切なもんを手に入れたんだからな」

「……ずっと、そのままなの?」

「いま、綱手《ツナデ》のばーちゃんが、義手を作ってくれてるってばよ。だから、心配すんな、イナリ」

「そうか……」

「そんなことより、波の国はどうしちまったんだ?」

「あのころは……ナルトの兄ちゃんとはじめて会ったころは、オレもじいちゃんも、なると大橋さえできれば、みんなが幸せになれると思ってた」そう言って、イナリはさびしそうに笑った。「だけど、なると大橋のおかげで交通量が増えて、商売が上手くいって金持ちが増えてくると、みんなの関心はお金のことだけになった。ガトーみたいに、金のためならなんでもするやつなんか、いまじゃ珍しくもなんともない」

「この前、ちらっとお前に会ったのは、たしか……」

「ペインに壊された木《こ》ノ葉《は》隠《がく》れの里を、オレたちが修理に行ったときだ」

「あんときは、ゆっくり話す暇もなかったもんな……そうか、いま波の国はそんなことになってんのか」

沈黙の中で、ナルトは、寄り添うように立っている桃地《ももち》再不斬《ザブザ》と白《ハク》の墓標《ぼひょう》を見下ろした。

木を十字に組んだだけの粗末な墓には、たしかに六年分の歳月が刻《きざ》まれていた。あのとき、再不斬の墓のそばにカカシが突き立てた首斬《くびき》り包丁《ぼうちょう》は、サスケの仲間の水月《スイゲツ》が持ち去っていた。

草原を風が吹き抜け、自生している秋桜《コスモス》を揺らめかせた。

ナルトはうーんと、ひとつ伸びをした。

「そういや、タズナのオッチャンはどうしてんだ？　元気にしてんのか？」

イナリは少しためらってから、思い切って打ち明けた。「飛鯱丸《とびしゃちまる》の最後の仕上げで、ずっと港の造船所に泊まり込みだよ」

「新しい船を造ってんのか？」

「船は船でも、空飛ぶ船だけどね」

「へ？」

「波の国は、いま新しい運輸システムを作り出そうとしているんだ。飛鯱丸が完成したら、波の国は運輸の世界でトップに躍《おど》り出《で》ることができる。いままで船や人が何日もかけて運んでいた荷物を、空路を使って短時間で送り届けることができるようになる」イナリの口調は、景気のいい話をしているのとは裏腹に、どこか冷めていて、自嘲《じちょう》気味だった。「本当はまだ秘密なんだけど、ナルトの兄ちゃんになら言ってもいいと思って。一号機が完成したら、波の国のお偉いさんを招待して、お披露目《ひろめ》の遊覧飛行をすることになってるんだ。飛鯱丸のすごさをみんなに見てもらって、もっとお金を集めようってことさ。で、お金が集まったら、新しい船をどんどん造って、五大国にも売り込んでいくつもりなんだ。これもまだ秘密だけど、じいちゃんたちは遊覧飛行のとき、木ノ葉隠れの里に警備を頼むって言ってたよ」

「忍の中には、空を飛べるやつもいるけど……空飛ぶ船って、そんなことができんのか？」

「五大国が戦争に明け暮れていたときも、波の国は新技術の開発を続けていたからね」

「でかいのか？」

「じいちゃんたちがいま造ってるのは、五、六十人乗りくらいだと思う。お金さえあれば、もっと大きなものが造れるよ」

「で、どうやってそんなでっけェ船を飛ばすんだってばよ?」

「大きな風船だと思ってもらったらいい」イナリが言った。「空気より軽いガスを満たしたその風船の下に、人や荷物を積める鉄の籠《かご》……ゴンドラっていうんだけど、それがくっついている感じかな。船尾にプロペラが六基ついていて、それで前に進むことができるんだ」

ナルトの頭に浮かんだのは、小さな風船がたくさんついた、竹籠の画《え》だった。宙に浮かんだまではいいが、どこからともなく飛んできた烏《カラス》の大群が風船をつっついて、パンパン割っていく。すると、竹籠に乗った人は、奈落《ならく》の底へ真っ逆さまに落ちてゆくのだった。

「そんなもん、オレはぜってーに乗りたくねェってばよ」ぶるっと身震いが走った。「お偉いさんを招待するって、本当に安全なのかよ?」

「もう何度も実験飛行をやってるからね」

「で?　お前はそれが気に食わねェんだな、イナリ?」

「……え?」

「顔に書いてあるってばよ」ナルトは肩をすくめ、「〝本当はそんな空飛ぶ船なんかいらねエ〟ってよ」

「……うん」イナリが目を伏せた。「飛鯱丸が完成しちゃったら、たしかに波の国にはお金がいっぱい入ってくる」

「それが気に食わねェのか？」

「それはいい」

「……」

「だけど、飛鯱丸に仕事を奪われちゃう人がいっぱい出てくると思う」イナリは顔を上げ、ナルトをまっすぐに見つめた。「もともとオレたち波の国は、荷物の運輸で稼《かせ》いできた。荷物を肩に担《かつ》いで運んでいた人たちや、船で運んでいた人たちは、たぶんみんな仕事がなくなっちゃう。するとどうなる？　みんなが飛鯱丸を憎むようになる。そんなものを造ったオレたち大工を憎むようになる」

金！　金！　金！　我龍の声がナルトの耳に蘇《よみがえ》った。もし波の国が平和だというのなら、それは貧しい者を踏みつけ、札束の上に築きあげられた平和だよ——

「とにかく、我龍を捕まえてくれて、ありがとう」ナルトの深刻な顔つきを見て、イナリが話題を変えた。「あいつらは、最初から飛鯱丸の建設に反対だった。大工たちが何度も襲われて、何人も殺されたんだ……我龍は鬼燈城《ほおずきじょう》へ送られるんだろ？」

「ああ……そうなるだろうな」

鬼燈城とは、五大国が費用を出し合って、草隠《くさがく》れの里に建てた囚人の収容施設だ。もちろん、五大国が共同で管理している。

ナルトは数年前、ある任務をおびて、この鬼燈城へ潜入したことがある。そのときの成り行きで全壊した鬼燈城を修復したのが、イナリたち波の国の大工だということは、知っていた。

「そういえば、ナルトの兄ちゃんも一度、鬼燈城にぶち込まれたことがあったな？　どうせ女風呂でも覗《のぞ》いたんだろ」

「だーから、あれは任務だったんだっての！」

くわっと目を剝いたナルトを見て、イナリが笑った。

ナルトもそれにつられた。

「まあ、世の中はどんどん変わっていくもんだってばよ」笑いながら、言葉を継《つ》いだ。「金はクナイや忍術といっしょで、使い方しだいで良くも悪くもなるんじゃねェのかな」

イナリがうなずいた。

「お前が正しい金の使い方をすれば、きっと救われるやつもいっぱいいるってばよ」ナルトは言った。「よく分かんねェけど、それが我龍みたいなやつに抵抗する一番いい方法なんじゃねェかな」

第一章

ためらい

毎度のことながら、ラーメンのどんぶりをかかえたナルトが、一楽《いちらく》を飛び出してきた。

「カカシ先生！　カカシ先生！」

いっぽう、カカシのほうは、ナルトと会いたい気分ではなかった。

だから、読みかけの愛読書――『イチャイチャタクティクス』、しかもシリーズの中でもっともイチャイチャ度の高い第三章「黙ってオレについてこい」――に没頭《ぼっとう》しているふりをして、そのままやり過ごそうとした。

「カカシ先生ってばよ！」なのに、ナルトのやつは、どこまでも他人《ひと》の心情を解さないやつなのだ。「なんだよ、さっきからずっと呼んでたんだぞ……まだ耳が遠くなる歳《とし》じゃねェだろ」

「ん？　……ああ、ナルトか」カカシは心中ため息をついた。「いや、すまん、すまん……本に夢中で、気がつかなかったんだ……おっ！　義手ができたのか？」

「なーんか、まだしっくりこねェけど」そう言って、ナルトは右手に持った箸《はし》を、ぎこちなく閉じたり開いたりした。「まあ、贅沢《ぜいたく》は言ってらんねェってばよ」

「そうだな」

「それより、カカシ先生、まだ就任式はやんねェのか？」

「え？」ほーら、きたよ。「まあ、オレはああいうことが苦手だからな」

最近は、どこに行ってもこの質問をされる。そのことに、カカシは少々辟易《へきえき》していた。

たしかに、火影《ほかげ》になる決心はした。

だが、自分では、やっぱり火影の器《うつわ》ではないと思っている。就任式をやってしまうと、本当にもう後戻りできなくなる。第四次忍界大戦《にんかいたいせん》が終結したいま、そんなに急いで火影にならなくてもいいのではないか？　そんなふうに思うときすらあった。

「火影岩《ほかげいわ》だって、もうできてんだぞ」ナルトは、新しい右手を不器用に使って、ラーメンをズズッとすすった。「みんなだって気にしてたし……第一、火影がだれだかハッキリさせとかねェと、よその里にしめしがつかねェってばよ。そのための就任式だろ？」

「綱手《ツナデ》様はまだまだご健在だから、オレなんかが……」

「綱手のばーちゃんは、もうダメだってばよ」ナルトはとんでもないことを、キッパリと言ってのける。「このまえの戦争で死にかけてから、なんか仕事に身が入ってねェっつーか」

「……そうか？」

「昼間っから酒飲んだり、ふらっといなくなったかと思ったら、賭場《とば》で大ゲンカしてみたり……たぶん、あれだな、あの戦争で老《お》いってやつを実感しちゃったんじゃねェの？」ガッハッハと大笑するナルト。「ほら、どうせならパーッといっちゃえ、みたいな？」

が、カカシは笑うどころではない。それというのも、ナルトの背後にただならぬ黒い殺気を察知したからだ。

「まあ、綱手のばーちゃんももういい歳なんだから、そろそろ隠居《いんきょ》して老後を楽しみたいのも分かるけどよ」

「え……えっと、そうかあ？」ますます大きくなってゆく殺気に、カカシはしどろもどろになった。「つ、綱手様はまだまだお若いと思うぞ、うん、オレはそう思うなあ！」

「どこが！　遠目には分かんねェかもしんねェけど、近くで見たら、顔なんか細《こま》かいしわだらけなんだぞ」

「わああ！」頼むから、もうその口を閉じてくれ！「おまっ……そういうことは、あまり大きな声で」

ナルトがいらないことを言うたびに、殺気はゴゴゴと大きくなった。

「なに慌《あわ》ててんだよ、カカシ先生？」ふたつのギラつく目が自分の背後で光っていることに気づかないのは、ナルトばかりであった。「大きな声じゃ言えねェが、最近、怒りっぽいんだよなあ……物忘れもひどいし――」

死んだな、こいつ。

カカシは目を閉じたので、ナルトの頭に綱手の拳骨《げんこつ》がめり込むところは見ていない。しかし、ゴンッ！　というシャレにならない音は、いやでも耳に入った。

「だーれが物忘れがひどいんだ！」綱手の怒号《どごう》が響き渡った。「怒りっぽいのは、お前が怒らせるからだろうが！」

目を開けると、頭にでっかいたんこぶをこさえたナルトが、地面に倒《たお》れ伏《ふ》していた。

「カカシ！」

「は、はいぃ！」綱手にギロリとにらまれて、カカシの声が裏返る。「オ、オレは綱手様はいまでも充分お若いと……」

「まだ就任式の日どりは決まらんのか？」

「……………」

「ためらうのは、よく分かる」綱手が表情を和《やわ》らげた。「私もそうだったからな」

「はい……」

「火影ともなると、これまでのように気ままに暮らしてはいけん」倒れているナルトを顎《あご》で指《さ》す。「このバカとも、そうそう遊んでいられなくなる」

カカシは黙って話を聞いた。

「六代目はお前しかいない」綱手が言った。「ナルトはたしかに強くなったが、見てのとおり、まだ火影の器ではない。それに、お前は五影会談《ごかげかいだん》のときも、火影になる決心を固めていたではないか」

「あのときはまだ写輪眼《しゃりんがん》がありましたから」

「……」

「写輪眼を失ったということは、雷切《らいきり》をも失ったってことです……雷切は、写輪眼の動体視力があってこそ、完成できる術ですから……そんなオレが火影になっても、はたして本当に木《こ》ノ葉《は》を守れるんだろうかって、つい考えてしまうんです」

「カカシ……」

「すみません、綱手様……このお話は、今回の任務が終わるまで待ってください」

六代目火影はお前がなれ、カカシ——オビトの声が耳に蘇《よみがえ》る。それから、オビトはオレに、写輪眼をプレゼントしてくれたんだったな。

なにをためらっているんだ、オレは？　カカシは心中、舌打ちをした。写輪眼は、もともと期限付きで貸してもらったようなもんじゃないか……ああ、オレはたぶん、写輪眼に頼りすぎていたんだろうな。

「飛鯱丸《とびしやちまる》の警備だったな」綱手が話題を変えた。「人手は足《た》りてるか？」

「ギリギリですね。今年はうちが鬼燈城《ほおずきじょう》の当番ですから、ガイ班とシカマルの十班はそっちに出払ってますし」

「鬼燈城か……早く新しい城主が決まるといいのだがな」

「無為《むい》ほどの使い手は、そうそう見つからないでしょうね」

　木ノ葉隠れと雲隠《くもがく》れが共同で行った数年前のある作戦行動で、鬼燈城は壊滅《かいめつ》した。城そのものは修復されたが、天牢《てんろう》という秘術を使って囚人を管理していた城主の無為は、その作戦行動のさなかで命を落とした。以来、木ノ葉、砂《すな》、雲、岩《いわ》、霧《きり》が、持ち回りで看守を出しているのだ。

「ナルトには里を守ってもらわなきゃならないんで、今回はオレが上忍《じょうにん》の連中を連れていきますよ。まあ、式典の警備だけですし、問題ないでしょう。船さえ飛んじまえば、お役目ごめんですし」

「そういえば、ガイがその任務をやらせてほしいって言ってきてたな……あんな足で、まだそんなことを言うなんてな」

「ガイはただ、空飛ぶ船が見たいだけですよ」カカシは言った。「あいつなら、車椅子《くるまいす》で波《なみ》の国まで出かけていきかねない」

「空飛ぶ船か……途方もない話だな。いまのところ、飛鯱丸の存在は、他国には秘密のようだが、しかし……」

「ええ、すぐに知れ渡るでしょうね。そうなったら、各国がこぞってそれぞれの隠れ里に依頼して、波の国から飛鯱丸の技術を盗もうとするでしょう」

つまり、とカカシは心の中で、付け加えた。大空の利権を巡《めぐ》って、また忍《しのび》どうしの騙《だま》し合《あ》い、殺し合いがはじまるんだろうな。

第二章

世紀の瞬間

秘密の行事であるにもかかわらず、遊覧飛行は盛大な式典をもって、幕が切って落とされた。

式典会場となった海辺の草原では、くす玉が割られ、白い鳩《はと》が放たれ、鼓笛隊《こてきたい》が練《ね》り歩《ある》き、紙吹雪《かみふぶき》が舞った。飛鯱丸《とびしやちまる》に乗ることになっている賓客《ひんきやく》は言うにおよばず、ただの参列者でさえ、世紀の瞬間に敬意を表して、みんな正装で式典に臨《のぞ》んでいた。

次々に演壇にのぼって祝辞《しゆくじ》を述べるお偉方のむこうに、全長二百二十三メートル、直径三十四メートル、最高時速七十キロメートル、船尾に六基の推進プロペラを装備した飛鯱丸は、その流線型の巨体を堂々と横たえていた。巨体の下に客室《ゴンドラ》がくっついている。

船名の由来は、一目瞭然《いちもくりようぜん》だ。気球部分に、巨大な鯱《しやち》が描かれている。ご丁寧《ていねい》に、背びれや、胸びれまでついていた。

天気は上々、上空には雲ひとつなく、晩秋の涼しい風が、草原をさわさわと波打たせていた。

「申し分のない日じゃな」自分が手がけた飛鯱丸を見るタズナの眼には、うっすらと涙が浮かんでいた。「これで波《なみ》の国はまた超強くなれる」

「おめでとうございます」と、カカシは応じた。「立派なものを造りましたね、タズナさん」

「知っとるか、あのでっかい気球は気嚢《きのう》と言うんだぞ。中にはヘリウムガスが入っとるんじゃ」

「ヘリウムは空気より軽くて、燃えにくい……ですよね」

「うむ、それが飛鯱丸の浮力となる。ほれ、船尾にプロペラが六つあるじゃろ？」

　カカシはうなずいた。

「あれがあの巨体を前へ押し出すんじゃ。今回は二時間半の遊覧飛行じゃが、工夫すれば飛行時間はもっとのばせるはずじゃ。他国にバレんように、高度は五千メートルまでしか上げられんがな。今日の飛行コースで五千メートルを超えなきゃ、他国に見られることもない。検分済みじゃよ。機体を水色にしたのも、空の色と同化させるためじゃ」

「だけど、木《こ》ノ葉《は》には知られていますよ？」

「それも仕方がなかろう」喜色満面《きしょくまんめん》だったタズナの顔が曇《くも》った。「いくら我龍《がりょう》が鬼燈城《ほおずきじょう》送りになったからといって、やつらの残党はまだそこらじゅうにおるからのう」

「そのために、木ノ葉の手練《てだ》れを船内に潜伏《せんぷく》させています」

「超頼りにしとるよ」

「さあ、それではいよいよご搭乗いただきましょう！」演壇の上から、招待客を飛鯱丸のほうへ促《うなが》す声が、誇らしげに響き渡った。「招待状をお持ちの、幸運な五十七名のお客様は、どうか飛鯱丸のほうへ！　係員が船内までご案内いたします！」

「いよいよですね」

カカシの言葉に、タズナは感極《かんきわ》まったかのように、目を細めた。「ああ、いよいよ世紀の瞬間じゃ」

ふたりは、笑いさざめきながら飛鯱丸のほうへ流れてゆく、着飾った人々を眺めやった。鼓笛隊の演奏が、ひときわ高くなる。

背後から、慌《あわ》てふためく足音が聞こえてきたのは、最後の搭乗客たちがタラップに足をかけ、記念撮影をしているときだった。

「待って！」青いロングドレスの裾《すそ》をたくし上げた女性が、全速力で駆けてきていた。「乗ります！　私もその船に乗ります！」

女性のふり上げられた手には、金箔《きんぱく》を施《ほどこ》した招待状が、握《にぎ》り締《し》められていた。

カカシのそばを駆け抜けようとしたときだった。女性がなにかにつまずき、つんのめった。「あ」という小さな声を発した彼女の体が、前に投げ出される。

カカシは、ほとんど反射的に、その体を受け止めていた。

彼女の見開いた眼と、カカシの眼が、流れゆく風景の中で、おたがいを捉《とら》える。

流れるような巻き髪に、うっすら開いた唇《くちびる》、しっとりと潤《うる》んだ大きな瞳《ひとみ》――時間が一瞬止まり、世界はカカシと彼女だけになった。

ドサッと、カカシの腕に倒れ込むロングドレスの女性。顔を上げた彼女の長い巻き髪が、ふわりとカカシの鼻先をくすぐった。

「大丈夫ですか？」

「あ……すみません」女性は慌てて体を引き離した。「私、ちょっと急いでいたものですから……危ないところを助けていただき、ありがとうございました」

カカシがうなずくと、女性は恥ずかしそうに眼を泳がせた。それから、またドレスの裾をたくし上げ、大声で呼ばわりながら、飛鯱丸のほうへ突進していった。

「待って！　待ってくださぁい！　乗ります、私もそれに乗るんです！」

「あんなに遊覧飛行を楽しみにしていらっしゃる方がいる」走り去る彼女の後ろ姿を見送りながら、カカシはタズナに言った。「大工とは、素晴らしい職業ですね」

「超美しい女性じゃったな」タズナが言った。「職業と言えば、キミのハレの日はまだかね」

またか。

カカシは曖昧《あいまい》に首をふった。その眼は、ロングドレスの女性が向かう先、いまや離陸を待つばかりの飛鯱丸に向けられていた。

「よく分からんが、火影《ほかげ》の就任式とは、きみと木ノ葉隠《こはがく》れの里の結婚式のようなものではないのかね？」

尾翼のプロペラを見つめながら、カカシは上《うわ》の空《そら》で答えた。「ええ、そう言っていいかもしれません」

「だとしたら、悩まんほうがおかしい。みんなの期待が大きいなら、なおさらじゃ」

朝陽《あさひ》を浴びて、緑の草原に黒い影を落としている船に、眼を凝《こ》らす。

「たとえば、いまの美しい女性が、キミにしつこく結婚を迫ったとする。どんなに美しかろうと、男は尻込《しりご》みするもんじゃよ」

「ええ」カカシの耳には、しかし、タズナの声はほとんど入っていなかった。「そうかもしれませんね」

「女が積極的になりすぎると、男は引いてしまうもんじゃよ。わしの若いときなんか、それこそ腹を空《す》かせた犬みたいに、女の尻を追っかけまわし――」

「タズナさん」相手の言葉をさえぎる。その眼は、船尾から飛び降りてくる怪しい男にじっとそそがれていた。「ちょっと仕事が入ってしまったかもしれません」

顔に疑問符を貼りつけたタズナを残して、カカシは飛鯱丸に向かって疾走《しっそう》した。

タラップを駆け上がる先ほどの女性は、どうやら最後の搭乗客のようだった。作業員が、機体を大地に固定していたロープをはずしてゆく。

空色の機体が、低くうなりながら、離陸の準備を整えつつあった。


「おい」

カカシが背後から声をかけると、黒いフードをかぶったマントの男が、ビクリとして立ち止まった。

先ほど、タズナと話しているときに、飛鯱丸の船尾からこっそり飛び降りた男である。

「お前、招待客じゃないな？」

すると、男がダッと駆けだした。

「待て！」

追撃するカカシを待っていたのは、マントの裾から飛び出してきた、鋭い蹴《け》りだった。

体《たい》を開いて敵の攻撃をかわすと、カカシは連続技を繰《く》り出《だ》した。

一手、二手、三手と、ふたりは打ち合った。それだけで、相手がかなりの使い手だということが知れた。動きに無駄がない。

が、四手、五手と打ち合っているうちに、敵の打ち筋のようなものが見えてきた。蹴りと突きが同時にくると思えば、本当にそのとおりの攻撃がくる。足払いと見せかけて、じつは胴体への連打を狙っていると読めば、敵は面白いほどカカシの読みどおりに動いた。

そして、それはカカシがよく知っている攻撃パターンでもあった。しかも、さっきからまったく殺気を感じない。忍術を発動する気配がぜんぜんないのだ。ダメ押しに、黒いマントを着ているとはいえ、この背格好——

頭を下げて蹴りをかわすと、カカシは一気に敵の懐《ふところ》に飛び込んだ。

続けざまに繰り出される突きを手際《てぎわ》よくさばき、腰をぐっと落とし、敵の足を払いながら、拳《こぶし》と肘《ひじ》を使った五連続コンボを矢継《やつぎ》ぎ早《ばや》に出した。


バキッ！

ドカッ！


「うわあああっ！」

吹き飛んだ敵が、地面に倒れて手足をビクビク痙攣《けいれん》させた。

「やれやれ……」カカシは相手に近づき、顔を隠しているフードを頭の上に引き上げてやった。「お前がここにいるということは、ガイのやつも来ているな?」

フードの下から現れたのは、眼を回したロック・リーだった。

見物客や、写真を撮る人の群れをすり抜けると、カカシは地面と飛鯱丸をつないでいた最後のロープに飛びついた。

チャクラを練《ね》り、腕の力だけで、するするとのぼってゆく。

足を蹴って体をふり上げると、カカシはその遠心力を利用して、一気に船体まで飛んだ。

ゴンドラの窓から、中の着飾った搭乗客が、垣間見《かいまみ》えた。窓の外をよぎるカカシに気づいた者は、ひとりもいない。

そのまま浮力部――すなわち、気嚢の側面に身を伏せ、横風を受けながら、尾翼目指して斜めに駆け上がった。

しかし……と、カカシは思った。よくもまあ、あんな体で式典会場のあちこちに配した上忍《じょうにん》の眼を逃《のが》れて、飛鯱丸にもぐり込めたもんだ。それとも、上忍を買収でもしたのか?

ゆっくりと浮上する船の下で、見物客たちがどんどん小さくなってゆく。

船尾にたどり着いたカカシは、推進部のカバーに片手でぶら下がった。奥にあるのは、直径五メートルほどあるプロペラだ。

やつはここから侵入したのだろう。自分もプロペラが回りだすまえに中へ入らなければならない。そう考えたのと、右側三基のプロペラが回転をはじめるのと、ほぼ同時だった。

「……！」

プロペラは、ゴン、ゴン、ゴン、と低い音を轟《とどろ》かせながら、徐々に速度を上げていく。当然、飛鯱丸は、ゆっくりと左方向へ旋回《せんかい》を開始した。

上空の空気は、思っていたより、ずっと冷たい。高度が上がるにつれて、風も強くなっていく。

カカシは手足にチャクラを集め、風に吹き飛ばされないように、反対側の推進部まで這《は》っていった。

飛鯱丸はついに進路を定めたようで、いったん空中で停止したあと、今度は左側三基のプロペラが、いまにも回りだしそうな気配を見せた。

カカシが風に逆らって推進部の内部にもぐり込んだとき、プロペラがゆっくりと回転をはじめた。

足を踏ん張ると、カカシは回転するプロペラの隙間《すきま》に、頭から飛び込んでいった。さいわい回転速度はまだ上がっておらず、巨大なプロペラに体をミンチにされなくて済んだ。

が、ほっと一息つく間《ま》もなく、背後で勢いよく回りだしたプロペラに、吸い込まれそうになる。

「！」

全身のチャクラを使って推進部の内側にすがりついていてさえ、その風速に体を持っていかれそうになった。

それでも、カカシは少しずつ這い進み、どうにか推進部から脱出したのだった。

周囲を見渡す。

正面は浮力部の気嚢にふさがれているが、推進部に直結している梯子《はしご》があり、それを使って下へ降りることができた。

下はどうやら、機関室のようだった。

と、カカシの耳が異音を拾う。

眼を走らせると、機関室の中空を縦横に走る足場を、リーとまったくおなじ黒いフードをかぶった人影が、車椅子《くるまいす》に乗って走り去るのが見えた。

「逃がすか！」

鉄柵《てっさく》を飛び越えると、カカシはそのまま宙吊《ちゅうづ》りの足場に飛び降りた。そのさらに下は船倉になっているようで、大きな木箱がいくつも積んであるのが見えた。

車椅子の男は、カカシの足場と平行に走る足場を、よろめきながら進んだ。

カカシは足場を蹴って、となりの足場へ跳《と》び移《うつ》った。

「どういうつもりだ、ガイ！」

車椅子がピタリと止まった。

「リーが全部吐いたぞ」カカシはため息をつき、首をふった。「お前……あいつに飛鯱丸に乗せてくれなかったら、師弟の縁を切るとまで言ったそうだな？」


マダラとの戦いで、右足の骨を砕いてしまったガイは、以来、車椅子の生活を余儀なくされていたのだった。

医者には、もう歩くことすらできないと言われた。

が、驚くべきことに、この男はそんな逆境をたゆまぬ修業で跳《は》ねかえしただけでなく、本気の青春パワーを出したときには、立って歩けるほどまでに回復していたのである。

「リーなどいなくても、オレはいつだってやりたいようにできるんだ」ガイは、まくしたてた。「人間、足の一本や二本なくたって、ちゃーんと生きていけることを、オレは身をもって証明してやるんだ」

「あのねえ……」カカシは、ギプスのハマッたガイの右足をちらりと見た。「そのためだけに、わざわざ飛鯱丸に侵入したのか？」

「いいか、カカシ……オレは忍《しのび》として、まだ終わったわけじゃないぞ。いまだって、左足スクワットの千回や二千回、どうってことない。その気になれば、車椅子に乗っていようが、こんな船にもぐり込むことなんざ、屁《へ》の河童《かっぱ》だ。わっはっはっは！」

カカシは冷めた半眼で、どこまでも前向きなこの男を見つめるばかりだった。

「言っておくが、オレはべつにこんな船に乗りたかったわけじゃないぞ」ガイは言いつのった。「こんな人類初の空飛ぶ船になんか、まったく興味はなかったんだ。上空五千メートルの風景？　そんなものを見て、いったいなんになる？　全長二百二十三メートル、総重量二百トン以上もある船が、いったいなぜ空を飛べるかなど、どうでもいいことだろうが！」

こいつ……と、カカシは思った。なにがなんでも乗りたかったんだな。

「な、なんだ……その眼は？」

「そういえば、お前って船酔いがひどかったよね」

「うっ」

「どうするんだ？」ため息を禁じ得ない。「言っておくけど、お前が吐いたりしても、オレは知らないからな」

「な、なにをバカな！　船は船でも、これは空飛ぶ船じゃないか」

「空飛ぶ船でも、船は船でしょうよ」

「バカにするな！　これしきのことで、このマイト・ガイが酔ってたまるか！」

が、言っているそばから顔が青ざめ、胃から込み上げてきたものに、うっぷとなるのだった。

「いったい、どうするつもりだ？」まったく、やれやれだ。「この船に潜伏させている上忍は、事前に波の国に届け出ることになってる。届け出のないオレたちが、こんなところにいるのがバレたら、木ノ葉の信用にかかわるぞ。オレたちが、飛鯱丸の情報を盗もうとしていると、誤解されかねない」

「問題ない」

「はあ？」

「この遊覧飛行のことは、各国には秘密だからな」ガイがニヤリと笑った。「公式には飛鯱丸は存在しない。よって、オレとお前も存在しない船に忍び込むことはできん」

「ああ、なるほどね」

「全《すべ》て計算済みよ！　わっはっは……うっぷ……それより、我《わ》が愛弟子《まなでし》はどうした？」

「リーなら、鬼燈城にかえしたよ」

「そうか。リーなら大丈夫！　オレゆずりの青春パワーで、しっかり囚人どもを見張ってくれるさ」それから、声を落とし、「どうせオレなんか、この体だ。収監者《しゅうかんしゃ》の監視など、できやしない。ちょっとくらい抜け出しても、まったく問題ないってわけだ」

「お前……さっきと言ってること、ぜんぜん違うじゃないの」

「なあに、バレやしないさ！　それより、ものは相談なんだが……うっぷ……ああ、気持ち悪い……せっかくもぐり込んだんだから、お前がオレの車椅子を押して、ふたりで船内をいろいろ見て回ろうじゃないか——」

　ここでガイは口をつぐみ、それまでとは打って変わった険《けわ》しい顔つきで、足場のはるか下方の船倉を見下ろした。

　もちろん、カカシも気がつかないわけがない。

「忍だな」

「ああ」ガイの言葉に、カカシはうなずいた。「この船には、うちの上忍以外に忍は乗ってないはずだ」

　物音を立てないその身のこなし、周囲に向けられる鋭い殺気、揺れる船の中でもバランスを崩《くず》さない足運び、そのどれひとつを取っても、船倉に入ってきたふたりの男はただの搭乗客には見えなかった。

ふたりは気配を消して、眼下の男たちの動向を見守った。

頭上からでは、顔までは分からない。服装は、ほかの搭乗客となんら変わらないように見えた。

男たちは、頭上にいるカカシとガイに気づかない。うずたかく積まれた木箱の脇《わき》にしゃがんでなにかやっていたと思ったら、そそくさとその場を立ち去ってしまった。

カカシとガイは、顔を見合わせた。

男たちがいなくなってから、カカシは足場を飛び降り、木箱の周囲をあらためた。

探し物は、すぐに見つかった。

「おい、カカシ――」ガイが声をひそめて叫んだ。「なにか見つかったのか？」

「ああ」カカシはうめくように返事をした。「どうやら、厄介《やっかい》なことになりそうだな」

それは、起爆札《きばくふだ》のついた、クナイだった。

時を移さずに、食堂ラウンジのほうから、悲鳴があがった。

第三章

天空の襲撃

「ええい、もっとスピードは出んのか!?　ああ、じれったい……オレの足さえなんともなけりゃ、いまごろさっきのやつらをふん捕《づか》まえて、洗いざらい吐かせてやれたものを……急げ、カカシ、敵は待っちゃくれないんだぞ！」

「お前ねえ……」

カカシはガイの車椅子《くるまいす》を押して、宙吊《ちゅうづ》りの足場を駆け抜け、倉庫をよぎった。そのあいだ、ガイは一秒たりとも黙っていなかった。

「どうした、カカシ？　スピードが落ちてるぞ！　それでも木《こ》ノ葉《は》の忍《しのび》か、貴様!?」

「お前には、本当に癒《いや》されるよ」

「お前も、熱き血潮《ちしお》をたぎらせろ！　そうすれば、自《おの》ずと他人を救い、自分も救われるんだ。癒しってのは、けっきょくそういうことなんだ！」

皮肉がまったく通じないのだ、このマイト・ガイという男は。

厨房《ちゅうぼう》で車椅子を捨て、まずはガイを換気ダクトへ押し上げてから、自分もダクトへ跳《と》び上《あ》がった。

ふたりはダクトの中を這《は》い進《すす》んだ。先頭を行くガイは、腕の力だけで、どんどん這い進む。

そういえば、こいつは左足スクワットだけじゃなく、腕立て伏せも、バカみたいに一日中やってたな……前を行くガイを見ながら、カカシは思った。まったく、お前のド根性には癒されるよ、ガイ。

食堂ラウンジの天井裏へ出たところで、ガイが不意に止まる。

そのせいで、カカシはガイの尻《しり》に顔面から突っ込んでしまった。

「急に止まるなよ……」

「シッ！」

ガイが指でカカシを呼ぶ。

ふたりは天井にはめ込まれた格子《こうし》蓋《ぶた》から、ラウンジを見下ろした。格子蓋のすぐ横に、大きなシャンデリアが吊り下がっていた。

ラウンジの隅《すみ》に、白いグランド・ピアノが見える。ソファやテーブルがほどよく配置され、窓際《まどぎわ》には、酒を出すバーまであった。

「あいつら、なにやってんだ？」

「まあ……」と、カカシは応じた。「なにか楽しいことじゃなさそうだな」

いままさに数人の忍が、搭乗客を制圧しているところだった。搭乗客にクナイを突きつけ、罵声《ばせい》を浴びせ、小突《こづ》きながら、ひとつ所へ集めていた。

困惑《こんわく》した老若男女《ろうにゃくなんにょ》は、まるで羊《ひつじ》のように追い立てられ、ラウンジの真ん中に集められた。小さな子供が、母親の腰にしがみついて、シクシク泣いている。文句を言った男が、忍に殴《なぐ》り倒《たお》された。

「何人だ？」カカシは鋭く訊《き》いた。

「オレのところからは、六……いや、七人か」

「さっきのふたりもいるか？」

「分からん」今度はガイが訊く。「潜伏《せんぷく》してる木ノ葉の上忍《じょうにん》は何人だ？」

「三人だ」

その声が消えるまえに——上忍たちが動いた。

搭乗客に扮《ふん》したひとりが、人混みから跳び上がり、敵の忍に両手のクナイを飛ばした。

敵のふたりが、どっと倒れる。

悲鳴のほうに眼を走らせると、天井から吊り下がった豪華なシャンデリアの下でも、べつの上忍が敵と斬《き》り合《あ》っていた。

搭乗客の反撃は想定外だったのか、敵がいっせいに色めきたつ。よく狙《ねら》わずに投げた敵の手裏剣《しゅりけん》のせいで、数人の搭乗客が倒れた。敵の蹴《け》りを食らった上忍が、搭乗客を巻き込んで吹き飛ぶ。

「なにをしておる!?」ラウンジの中央にいた、巨体の男が吼《ほ》えた。「華氷《かひょう》はなにをやっとるんだ!?」

どうやら、この男が一味のリーダーのようだ。紺《こん》の忍装束《しのびしょうぞく》に鎖帷子《くさりかたびら》をつけ、顎《あご》ヒゲを生《は》やした男だった。

そして、華氷。

カカシはその名前を、胸に刻《きざ》みつけた。

三人目の上忍がグランド・ピアノを蹴って跳《と》び、両手にクナイを握《にぎ》り締《し》めて、リーダーの男に躍《おど》りかかった。

敵も外套《がいとう》の下に隠し持っていた太刀《たち》を抜いて、応戦する。

双方とも迂闊《うかつ》に忍術を発動しないのは、ここが地上五千メートルの上空だからだろう。下手《へた》なことをして船体に傷でもつけば、大惨事はまぬがれない。

木ノ葉の忍と、襲撃犯のリーダーのクナイがぶつかり合って、火花を散らした。あとのふたりも、それぞれの敵と対峙《たいじ》している。

「オレたちも加勢にいくぞ、カカシ！」

「お前、その体でどうやって……いいから、ちょっと待て」

いやな胸騒ぎが、仲間たちの救援に駆けつけたいという衝動を、抑《おさ》え込《こ》んだ。すぐに、その理由が分かった。

華氷。

こちらが仲間を搭乗客にまぎれ込ませていたように、敵のほうにもまだ切り札があるようだ。

そして、その予感は、正しかった。

最初の兆《きざ》しは、ガイの口元に現れた。カカシを急《せ》き立《た》てる声が、白くかすみだしたのだ。呼気が白い。それに気づくと同時に、船内の温度が急激に下がるのを感じた。

ラウンジの戦いに眼を戻すと、味方の忍たちの動きが止まっていた。

はじめは、なにがなんだか分からなかった。

三人の上忍たちにも、なにが起こったのか分からないようだった。必死に上半身をねじっているが、下半身はまるで凍りついたかのように、びくとも動かない。

それが比喩《ひゆ》などではないことを、カカシはすぐに思い知った。仲間の忍たちが、本当に凍りついているのだ！

薄い氷がビキビキビキビキと音を立てながら、まるで生き物のように彼らの体を這い上がってゆく。たちまち頭のてっぺんまで、氷に閉ざされてしまった。

「な、なんだ……」口をパクパクさせるガイの呼気は、もう白くはなかった。「どうなってるんだ？」

「敵は客の中にもまぎれ込んでいる」温度が上昇していくのを、カカシは肌で感じとった。

「どうやら氷遁《ひょうとん》の使い手がいるようだな」

「心当たりはあるのか？」

「二か月前、ナルトが我龍《がりょう》を捕らえたとき——」凍りついた仲間たちを見下ろしながら、カカシは奥歯をぐっと嚙《か》み締《し》めた。「氷遁の使い手とまみえたそうだ」

「だとしたら、やつらは我龍の手の者だな？」

「おそらく」

「で、どうする？」

「待て、動くぞ」

「我々は龍波《りゅうは》武装同盟の有志である！」リーダーの大男が呼ばわった。「搭乗客は全員、すみやかに部屋の中央に集まれ！」

　すると、手下の忍が、おびえ、泣きじゃくる搭乗客にクナイを突きつけて、食堂ラウンジの中央に追い立てた。

さらに四人ほどの新手《あらて》が、あわただしくラウンジに駆け込んでくる。こいつらはおそらくふた手に分かれて、船内に起《き》爆札《ばくふだ》を仕掛けていたのだと、カカシは踏んだ。

襲撃犯たちは、搭乗客の四方にふたりずつ展開して、監視体制を敷いた。

「我々の要求は、現在鬼燈城《ほおずきじょう》に不当に監禁されている我龍様の即時釈放である！」リーダーの雷声《かみなりごえ》が轟《とどろ》いた。「もし本日の正午までに我々の要求が聞き入れられない場合は、十分ごとに搭乗客を処刑していく！」

搭乗客たちのあいだから、悲《ひ》嘆《たん》の声があがった。

「我々は、木《こ》ノ葉《は》隠《がく》れの里がこの遊覧飛行の警護にあたっていることを知っている！　そして、うずまきナルトの力量も充分承知している。もしも木ノ葉がうずまきナルトを使って事態の収束を図ろうとすれば、木ノ葉は人質を見捨てた里として非難されることになるであろう！」

カカシとガイは顔を見合わせた。

「我々はこの船の数か所に、すでに起爆札を仕掛けている。もし我々の仲間がうずまきナルトの姿を確認したら、たとえそれがうずまきナルトのように見える鳥であったとしても、飛鯱丸《とびしやちまる》はただちに天空の塵《ちり》と消えるだろう！」

正午まで――あと、三十分。

第四章

伝えられたメッセージ

午前十一時三十五分、木ノ葉《こ の は》隠れの里の火影《ほ かげ》執務室に、矢文《や ぶみ》が射《う》ち込《こ》まれた。

そこに記《しる》された要求は、その五分まえに飛鯱丸《とびしやちまる》の搭乗客が聞かされたものと、寸分たがわぬものだった。加えて、襲撃犯がいったいどうやって飛鯱丸にもぐり込んだのかも明かされていた。

火影執務室にいた綱手《ツナデ》は、ただちに事実確認に動いた。

すなわち、第四次忍界大戦《にんかいたいせん》のあと新たに導入した無線で波《なみ》の国と連絡を取り、矢文に書き記されていた場所を捜索させたのである。

その結果、身ぐるみを剝《は》がされ、両手足を縛《しば》りあげられた十二人——もともと飛鯱丸に乗ることになっていた招待客たちが発見された。全員、遊覧飛行の式典がとり行われた広場のすぐ近くの小屋に、閉じ込められていた。

この時点で、正午まで二十分を切っていた。

「つまり、この矢文に書かれているのは、冗談なんかじゃないということだ」シズネに周波数を合わせてもらい、綱手は鬼燈城《ほおずきじょう》にいるシカマルにそう告げた。「くそ、いったいどうしたらいいんだ！」

「じゃあ、我龍《がりよう》を釈放するんですか？」シカマルは無線機に勢い込んだ。「武装同盟だかなんだか知らねェけど、そんなやつらの要求を一度でも呑《の》んじまったら、同じことをやるやつがどんどん出てきますよ」

「じゃあ、五十七人の乗客の命はどうすればいいんだ？」

「しかも、オレら木ノ葉の都合で囚人を勝手に釈放したら、ほかの里が黙っちゃいませんよ」

「この際、そんなことは言っておれん！」

「ちょちょ……ちょっと落ち着いてくださいよ、綱手様……とにかく、ナルトだけには絶対に知られないようにしてくださいよ。あのバカのこったから、後先《あとさき》考えずに、ひとりで突っ込んでいっちまう」

「ああ、分かってる」

このとき、別の声が、綱手の無線機から漏《も》れた。

「あの、すみません、綱手様……リーです」

「どうした、リー？」

「えっと……じつはですね……」

「なんだ？　言いたいことがあるなら、さっさと言え！」

「はい……じつは、ガイ先生とカカシ先生が飛鯱丸に乗ってるんです」

「なんだと？」

「ガイ先生、どうしてもあの船に乗りたいって言って……それで、今日はこっそりボクが送っていきました。カカシ先生はそれを追って………すみません！」

「ガイのやつ……」綱手の声は怒《いか》りに打ち震えていた。「絶対に許さん」

「お前……マジか、リー？」シカマルの眼が、いのに飛ぶ。「だとしたら――」

「うん」いのがうなずいた。「心伝身《しんでんしん》の術で連絡を取ってみる」

綱手は眼を閉じた。

無線機だけが、沈黙の中で、ガサガサと雑音を吐き出していた。

「シズネ」眼を開くと、綱手は命じた。「里に残っているナルト以外の全員をただちに集めろ」

第五章

処刑

最初の処刑まで、二十分を切っていた。

この十分間、換気ダクトの中で敵を観察していて分かったことは、やつらは地上にも仲間が待機していて、すでに木ノ葉隠《こ　は　がく》れの里にこの襲撃を伝えたらしいということだった。

それだけではない。

やつらは操舵《そうだ》室のドアを爆破し、いまや操縦士たちをも支配下に収めていた。

「お前が火影《ほかげ》か？」リーダーの怒鳴《どな》り声《ごえ》が漏《も》れ聞《き》こえてくる。「我龍《がりよう》様の釈放はどうなっておる⁉」

どうやら、綱手《ツナデ》を相手に交渉をはじめたようだった。

「そんなには待てん！　あと二十分だ、二十分後には最初の処刑を行う！」

「――――」

「我々は本気だ！　もし我龍様を正午までに釈放しなければ、十分ごとに搭乗客を処刑する！」そう怒鳴りつけると、リーダーの男は操舵室から出てきて、搭乗客に言い渡した。

「聞こえたとおりだ！　お前たちが生きるも死ぬも、木ノ葉隠れの腹ひとつだ！」

身を寄せ合って、小さくなっている搭乗客たちに、動揺が走った。

「どうする、カカシ？」ガイが鋭くささやいた。「下手《へた》に動けば、やつらは船を爆破してしまうぞ」

「とにかく、どうにか船の高度を下げないと……この換気ダクトは、操舵室のほうにも続いている。このまま這《は》っていけそうだから、そっちはお前にまかせても大丈夫か？」

「お前はどうするんだ？　まずは起爆札《きばくふだ》を全部回収せねば……うっぷ！」

「わっ！　バカ、お前、こんなときに――」

ガイが盛大にゲーゲーやったせいで、食堂ラウンジを占拠《せんきょ》している襲撃犯が、異変に気づいてしまった。

「なんだ、いまのは!?」たちまち、蜂《はち》の巣をつついたような大騒ぎになった。「うっ……なんだ、このすっぱいにおいは!?」

「うわっ、天井からなんか垂れてきたぞ！」

「天井だ！　天井裏にだれか隠れているぞ！」

たちどころに数本のクナイが、ガガガ、と天井を突き破って、カカシの鼻先をかすめた。

カカシと、顔面蒼白《そうはく》のガイは、とっさに右と左へ逃《のが》れる。

間髪《かんはつ》いれずに槍《やり》が突き上げられ、ガイの頬《ほお》がザックリと切れた。

「大丈夫か、ガイ!?」

「な、なんのこれしき……うっぷ!」

いや、槍ではない。

それはつららのような、氷の剣だった。

換気ダクトを切り裂く氷剣が、どこまでも追いかけてくる。

「操舵室のほうは頼んだぞ、ガイ!」

「ま、まかせておけ……」

ふたりはたがいに背を向け、換気ダクトの中を猛烈に這い進んだ。

カカシに関して言えば、何度か体をひねって、氷剣を避けなければならなかった。まるで下から生《は》えてくる鋭い牙《きば》のように、氷剣はぐんぐん迫ってくる。

のみならず、氷剣は前方からも襲ってきた。

「クッ!」瞬時にチャクラを練《ね》り、術を繰《く》り出《だ》す。「雷遁《らいとん》・紫電《しでん》!」

カカシの手から、薄紫《うすむらさき》の電光がほとばしる。ズドンッ、という衝撃音とともに、襲いくる氷剣が木端微塵《こっぱみじん》に吹き飛んだ。

雷遁・紫電、それは雷切《らいきり》を失ったカカシが新たに修得した技である。

間一髪で、換気ダクトにあいた穴から逃れ出るカカシの残像を、氷剣が八つ裂きにした。

「!?」

落下したところは、トイレの中だった。気がついたときには、青いドレスを着た女性ともつれ合っていた。

悲鳴をあげようと開いた女性の口を、カカシはさっとふさいだ。

「シッ!」

「んんんん!」口をふさがれた女性は、どうにかカカシから逃れようとして暴れた。「んんんん……んんんん!」

「怪しい者じゃない!」

それが彼女だと気づいたのは、そのときだった。流れるような長い巻き髪、見開かれた大きな瞳《ひとみ》は、まだ記憶に新しい彼女そのものだった。

「さっき一度会いました!」カカシは告げた。「ころびそうになったきみを、オレが受け止めた……憶《おぼ》えていますか?」

それで、女性もカカシのことを思い出したようだった。

「手を放しますけど、静かにしててくれますね?」

女性はおびえた眼で、こくんとうなずいた。

「オレは木ノ葉隠れの忍《しのび》です」彼女の口を解放しながら、カカシは言った。「この遊覧飛行の警備にあたっていました。きみはなんでこんなところに？」

「私……」彼女は呼吸を整えながら、答えた。「やつらが襲ってきたとき、ちょうどお手洗いに入ってて……」

「そのまま隠れていたんですね？」

女性がまたうなずいた。

狭いトイレの中で、ふたりはほとんど体を寄せ合って立っていた。ほのかなラベンダーの香りが、カカシの鼻をくすぐった。

「とにかく、ここから出たほうがいい」

トイレの天井にあいた穴を見上げると、氷の剣は跡形《あとかた》もなく消えていた。術者が術を解いたのだ。

ガイは上手《うま》く逃げおおせただろうか？

「この穴から出よう」ためらう彼女を安心させようと、カカシはにっこり微笑《ほほえ》みかけた。

「大丈夫、すぐにとなりの厨房《ちゅうぼう》に出られるから」

女性が眼をぱちくりさせた。

「どうしました？」

「ううん……」慌《あわ》てて眼をそらす。「行きましょう」

そこでカカシは彼女を持ち上げて、換気ダクトへ押し込んでやった。それから、自分もあとに続いた。

ふたりは這い進み、どれほどもしないうちに、ガイと換気ダクトにもぐり込んだときの入《はい》り口《ぐち》から厨房へ飛び降りた。乗り捨てたときのまま、ガイの車椅子《くるまいす》がそこにあった。

女性はなにか言いかけたが、カカシはそれを制し、さっさと親指を嚙《か》み切《き》って、床に押しつけた。

「口寄《くちよ》せの術！」

ボンッ、と白煙が逆巻《さかま》き、パックン、ブル、ウルシ、グルコ、シバ、ビスケ、ウーヘイ、アキノ――八匹の忍犬《にんけん》が、現れた。

「な、なに？」女性が眼を丸くした。「なんなの、この犬たち？」

「ここはどこだ？」ブルが呼ばわった。「おう、カカシじゃないか！　ひさしぶりだな！」

「シーッ！」カカシは人差し指を口に当てた。「お前はいつも声がでかいよ、ブル」

「そんなしょぼいかっこうをしてるところを見ると……」サングラスをかけたアキノが、ニヤリと笑った。「正式に火影になるのを、まだためらってるみたいだな、え？　カカシ？」

「しょぼくて悪かったな」犬にまで言われてるし。「それより、早速《さっそく》だが、力を貸してくれ」

「どうした、カカシ?」と、パックンが言った。「お前がそんなに慌てるなんて、珍しいじゃないか」

「詳《くわ》しく話している暇はない。お前たちはいま、地上五千メートル上空にいる」

忍犬たちの顔つきが、一気に引《ひ》き締《し》まる。

「この船のあちこちに起爆札が仕掛けられている」カカシは矢継《やつ》ぎ早《ばや》に言った。「お前たち、敵に悟《さと》られずに、その起爆札を全部見つけてきてくれ」

「おう!」

パックンを先頭に、忍犬たちが、飛び出していった。


「きみはここに隠れててくれ」

そう言い残して、ふたたび換気ダクトへ戻ろうとするカカシの服を、彼女がひっぱった。

「なにをする気?」

「あともう少しで、最初の処刑がはじまる」カカシは言った。「それを止めなければ」

「やつらの要求は我龍の釈放なんでしょ?」

「………」

「お手洗いに隠れてても、あのガラガラ声は聞こえたわ」

カカシはうなずいた。

「だったら、我龍を釈放したらいいじゃない」彼女はすがるように、言った。「あなたたちが迷えば迷うほど、犠牲者《ぎせいしゃ》は増えるわ」

「そんなわけにはいかない」

「どうして？」

「一度でもあんな連中の言いなりになったら、秩序が崩壊《ほうかい》してしまう」

「秩序？」彼女は鼻で笑い飛ばした。「ほんの一年前まで戦争をしていたあなたたちが、いまさら秩序を語るの？」

「……」

「ごめんなさい……」彼女は眼を伏せ、「だけど、秩序を口にする人たちは、みんな自分たちこそ正義だと思っている。戦争は、ふたつの正義が衝突して起こる。そして歴史は、戦争に勝ったほうの正義しか認めてくれない。つまり、力を持っているほうが、いつだって正義になるの」

「きみの言いたいことは、分かる。龍波《りゅうは》武装同盟にだって、彼らなりの正義がある」

「だったら……」

「それでも、我龍を釈放することはできない」

「搭乗客全員の命と引き換えにしても?」

「オレが必ずみんなを守ってみせる――」カカシは肩をすくめた。「――そう言えれば、どんなにいいかと思うよ」

「……」

「おそらく、オレは犠牲者を出してしまうだろう……それでも、オレは眼の前にある命を、ひとつでも多く助けたい」

彼女の眼が潤《うる》み、唇《くちびる》がわななないた。

「ふたつの正義が衝突したときに一番大切なことは、命をかけて相手の立場に立つことだ」ダクトへ跳《と》び上《あ》がるまえに、カカシはそう言った。「自分の言い分を認めさせるために、無関係な者の命を平気で奪うようなやつらに、正義を語る資格はないよ」


ガコン!

換気ダクトを這い戻ると、カカシは格子《こうし》蓋《ぶた》をぶち破って、食堂ラウンジ内に飛び降りた。

天井から現れた忍に、龍波武装同盟の忍たちはいっぺんに度を失った。数人がクナイを抜いて、カカシに向かって突進してくる。

カカシは腰を落とし、敵のクナイを腕で跳《は》ね上《あ》げながら、素早く打撃を繰《く》り出《だ》す。ひとりが吹き飛ぶと、すかさず次のやつに蹴《け》りを飛ばし、息つく暇もなく、三人目に連打を見舞った。

あっという間に三人の敵が、カカシの足元に倒れた。

「ふざけやがって!」残った敵が、血走った眼で飛びかかってくる。「いっぺんにかかれ!」

彼らの動きを封じたのは、リーダーの怒号《どごう》だった。

「待てい!」

敵が動きを止めた。

「持ち場に戻れ! お前たちには、人質を監視するという任務があることを忘れるな。それに、こいつはコピー忍者のはたけカカシだ。お前たちが束《たば》になったところで敵《かな》いはせん」

カカシは周囲に眼を走らせた。倒れている者を含めて、九人。それが眼に入るかぎりの、敵の数だった。

ラウンジ中央に寄せ集められた搭乗客たちは、恐怖と期待の入り混じった顔で、事の成り行きを見守っていた。

「コピー忍者のカカシ……か」リーダーの男がニヤリと笑った。「もっとも、写輪眼《しゃりんがん》を失ったいまは、ただのカカシだな」

「ま、ただのカカシにだって、できることはあるさ」

「なにぃ？」

「たとえば、お前らのような害鳥を追っ払うくらいのことはな」

「ぬかしよるわ」

「無駄なことはよせ」カカシは言った。「木ノ葉はお前たちのような無法者とは、いかなる交渉もしない」

「それはどうかな」

不敵な笑《え》みを浮かべた敵は、無造作《むぞうさ》に搭乗客をひとり選んで、指さした。

それだけだった。

「ああ……ああ、そ、そんな……」選ばれた搭乗客の体が、見る間に氷に閉ざされていく。

「な、なんだ……どうなってるんだ？」

「!?」

男は、顔に貼《は》りつけた恐怖といっしょに、凍りついていった。

「うわあああああ！」

搭乗客たちのあいだから、悲鳴があがった。龍波武装同盟のリーダーから少しでも逃げようとして、総崩《そうくず》れになった。

「これでも、交渉はしてもらえないか？」

「やめろ！」

血を吐くようなカカシの叫びは、しかし、双眸《そうぼう》に鈍《にぶ》い光をたたえたこの男にとっては、心地よい賛辞のようであった。満足げに眼をとじると、まるで交響楽団の指揮者のように腕をふり上げ、次の犠牲者を指さしたのだった。

指さされた男は、逃げ出そうとして、そのままのかっこうで凍《い》てついた。

静まりかえったラウンジには、女性客のすすり泣く声以外、なにも聞こえなかった。

「まだ少し早いが、どうせそろそろ時間だ」リーダーはカカシに向き直った。「本当はひとりだけ殺すつもりだったが、はたけカカシ、お前のせいでふたりも殺《や》ってしまったな」

「貴様……」

「もう分かったと思うが、人質にはすでに術をかけてある。オレがその気になれば、ここにいる全員をいっぺんに凍らせることができる」

「そんなことをすれば……」カカシは相手をにらみつけた。「お前たちは交渉材料を失うことになる」

「不思議なことを言うものだ」

「……？」

「木ノ葉は、我々のようなテロリストとは交渉しないのだろう？　だとしたら、我々に交渉材料があろうがなかろうが、関係ないはずだ」

「！」

「木ノ葉は交渉に応じるさ」リーダーがニヤリと笑った。「交渉に応じてもらえないときは、ここにいる全員を道連れにして、あの世まで遊覧飛行を続けるまでだ」

「グッ……」

カカシは奥歯をぐっと噛《か》み締《し》めた。

「人質をひとり操舵室へ連れていって、いま見たことを木ノ葉に報告させろ」部下にそう命じてから、リーダーはカカシに顔を向けた。「はたけカカシ、お前がおとなしく我々に捕獲されるなら、人質たちは次の十分間を生き長らえることができる」

「……！」

「しかし、お前が逆らえば、オレはやるべきことをやる。オレがやるときにはやる男だということは、もう証明できたはずだ」

ふたりの視線が交差した。

　この男は、本当にやるだろう。鉤爪《かぎづめ》のように構えられた相手の両手を見て、カカシは直観した。いまオレが指一本でも動かせば、こいつは間違いなく人質を皆殺しにする。

　ため息をつくと、カカシは全身にまとっていた闘気《とうき》を解いた。

　すぐさま襲撃犯たちが飛んできて、カカシを後ろ手に縛《しば》りあげる。

　さっき倒した忍が起き上がってきて、カカシの顔をこっぴどく殴《なぐ》りつけた。そのせいで傷のあるほうの眼尻《まなじり》が切れて、血が滴《したた》った。

　それだけでは、終わらない。

　リーダーが後ろに回り込み、縄《なわ》の縛り具合をたしかめた。次の瞬間、右手の人差し指に激痛が走った。


　ゴキッ！


　骨の折れる音が、はっきり聞こえた。

「ぐあっ！」

　思わずのけぞったカカシを摑《つか》まえると、リーダーは左手の人差し指も、造作なくへし折ったのだった。

バキッ！

「ぐはっ！」

「これでいい」背後から、満足げな声が聞こえた。「これで縄抜けもできまい」

顔から脂汗《あぶらあせ》を流しながら、カカシは膝《ひざ》から崩れ落ちた。

「殺すなら、オレを先に殺せ！」

カカシは何度もそう叫んだが、敵に鼻で笑われただけだった。「おまえの命は、人質百人分に値《あたい》する……木ノ葉との交渉で、役に立つかもしれん」

そんなわけで、十分後、カカシはふたたび処刑を目《ま》の当《あ》たりにしなければならなかった。

今度は女性だった。

きらびやかな黒いドレスを着た女性が、彼女が身につけている宝飾品のように、無機質な輝きに包まれていくのを、手をこまねいて見ていることしかできなかった。

「我龍様を釈放するか、このまま人質が死に続けるか、ふたつにひとつだ！」操舵室から届いてくる怒鳴《どな》り声《ごえ》に、搭乗客の全員が耳を澄ませていた。「十分以内に連絡してこい！

さもなければ、次からはふたりずつ殺す！　お前たち木ノ葉のせいで、人が死に続けることになるぞ！」

くそ。カカシは臍《ほぞ》を嚙んだ。

一分一秒が、じりじりと過ぎてゆく。せめて高度がもっと低ければ、打つ手もまだあるのだが。

どうすればいいんだ？　焦燥感《しょうそうかん》は、折られた指の痛みをかき消すほど、強かった。いったい、どうすれば――

フル回転するカカシの頭に、小さな声が直接語りかけてきたのは、次の処刑の三分前だった。

〝カカシ先生、聞こえますか、カカシ先生？〟

「!?」

〝カカシ先生？　聞こえたら、返事をしてください。カカシ先生、飛鯱丸《とびしやちまる》に乗っているんでしょ、カカシ先生――〟

〝聞こえてるぞ、いの〟いのの心伝身《しんでんしん》の術だと、すぐに分かった。〝なぜオレが飛鯱丸に乗っていることを知ってる？〟

〝リーに聞きました〟

そうか！

〝大丈夫ですか、カカシ先生？　やつらに捕まってるんでしょ？〟

〝ガイとも繋《つな》がってるんだな？　オレは大丈夫だ。それより、三分後にまた処刑が行われる〟

〝やつらに気取《けど》られないように、天井の換気口を見てください〟

カカシは言われたとおりにした。先ほどぶち破った格子蓋の陰《かげ》から、ガイがひょっこり顔を出して親指を立てた。

〝カカシ先生がパックンたちに集めさせた起爆札は、いまガイ先生が持ってます〟いのの声が頭の中で鳴った。〝いまからガイ先生が敵のリーダーを襲います、その隙《すき》にカカシ先生は搭乗客を倉庫のほうへ誘導してください。綱手様が波《なみ》の国に確認したところ、倉庫にある大きな箱の中身は落下傘《らっかさん》だそうです。それを使って――〟

〝ダメだ！〟カカシはいのにそう言い、換気口のガイを眼で制した。〝ガイはあの体だ……それに、搭乗客の中に、敵がまぎれ込んでいる〟

〝！〟

〝サイはいるか？〟

〝はい、綱手様の執務室に待機してます〟

〝サイを寄こしてくれ。あいつの超獣偽画《ちょうじゅうぎが》なら、搭乗客を救えるかもしれない〟

〝ただちに〟

〝それと、龍波武装同盟が、どうやってこの船に乗り込めたのかを知りたい〟

〝乗客とすりかわったみたいです〟

〝そうか……とにかくオレが騒ぎを起こして、どうにか時間稼《かせ》ぎをする。あと少しで、また次の処刑時間だ〟

頭の中の、いのの声が消える。

天井の換気口に眼を走らせると、ガイがまたニカッと笑って、親指をぐっと立てた。

バカ！　カカシは眼でガイを制した。余計なことをするんじゃないぞ、ガイ！

龍波武装同盟のリーダーが足音も高らかに操舵室から戻ってくるのと、ガイの頭が換気ダクトの闇《やみ》の中にひっ込むのと、ほぼ同時だった。

「そろそろ時間だ！」

搭乗客たちが、ひっ、と息を呑《の》んだ。

「恨《うら》むなら、お前たちを見捨てた木ノ葉隠れの里を恨め！」リーダーが声高《こわだか》に言った。

「やつらには、お前たち全員の命より、たったひとりの罪《つみ》なき罪人を守るほうが大事なんだ！」

それから、虎《とら》のように、搭乗客の前をのし歩いた。

リーダーが近づくと、だれもが眼を閉じたり、身を縮めたりした。その腕がゆっくりと持ち上げられる。

「かわいそうだが、次はお前――」


ドオォオンッ！


船尾のほうで轟《とどろ》いた爆音が、残りの言葉を吹き飛ばした。

船体がグラリと大きく傾き、悲鳴をあげた搭乗客たちが床の上をころがった。

もちろん、バランスを崩した襲撃犯たちも、なにかに摑まって、体を支えなければならなかった。

警報ブザーが、けたたましく鳴りだす。

「なんだ!?」リーダーがわめいた。「いったいなにが起こった!?」

「船尾で出火です！」操舵室から飛び出してきた忍が、叫びかえした。「何者かが推進部を爆破したようです！」

ガイがやったのか？　カカシは眼を白黒させた。パックンが集めてきた起爆札を使ったに違いない。

「まだ仲間がいたのか？」鬼のような形相《ぎょうそう》で近づいてくると、リーダーはカカシの髪を鷲《わし》摑《づか》みにした。「いったいなにをした？」

「さあね」カカシは相手を冷たく睨《ね》めつけ、「それより、早く消火したほうがいいんじゃないの？」

「ぐぬぬぬぬ……」

「浮力部の気嚢《きのう》は推進部のすぐ上だ。もたもたしてると、ドカンッ、てなことになるぞ」

が、相手の顔に浮かんだ表情を見て狼狽《ろうばい》したのは、カカシのほうだった。

「……？」

その顔からは、焦《あせ》りも、怒《いか》りも消えていた。それどころか、この状況を楽しんでいるかのような、余裕すらあった。

激しい不安が、カカシの背筋《せすじ》を駆け上がった。

警報ブザーが鳴りやむと、搭乗客たちが、恐る恐る身を起こした。

「火は消し止められました！」様子《ようす》を見に出ていた忍が戻ってきて、そのように告げた。

「プロペラが二基ほどやられましたが、浮力部は無傷です。爆発によってあいた穴もすでに補修済み、滑空飛行は充分に可能です！」

「!?」

「そんなはずはない、いくらなんでも早すぎる――という顔だな」眼を泳がせるカカシを見て、リーダーは心底楽しそうに笑った。「木ノ葉が忍をこの船にもぐり込ませることは、予測できた。オレたちが、なんの対策もしてないと思うか?」

「華氷《かひょう》……か」

相手の顔から、ニヤニヤ笑いが消えた。

「それがお前たちの切り札なんだろ?」カカシは言った。「氷遁《ひょうとん》使いだということは、分かる。おそらく火を消したのも、爆発であいた穴をふさいだのも、そいつの氷だ」

「さすがだな、そこまでバレていたか」

「お前たちの切り札を見つけ出す前に、こっちの札をお見せするのは気が引けるが……」

相手が眼をすがめた。

「そうも言っていられないな」そう言うと、カカシは天井に眼を向けた。「ほら、上」

「!?」

見上げる敵の眼に映《うつ》ったもの――それは空中で、すでにかかと落としの体勢に入っている、ガイの姿だった。

雨の日も、風の日もだったもんな……カカシの眼には、退院したあと、たったひとりで修業に励《はげ》むガイの姿が見えていた。

思うように動かない右足に苛立《いらだ》ち、ガイはだれも見ていないところで、何度も何度も吼《ほ》えた。何度も、何度も、悔《くや》し涙を流した。

それでも、けっして修業をやめなかった。リーがそばにいるときは、いつだってあのナイスガイ・スマイルでニカッと笑い、親指をぐっと立てた。いいか、リー、足なんざ体の一部だ、とガイは言ってのけた。健康そのもののほかの部位は、悪くなった足に付き合ってやることはないんだ、特に心はそんなものに惑《まど》わされちゃいけない、右足がダメでも左足がある、左足もダメなら、まだ二本の腕があるんだぞ。

お前のことを、少し見くびっていたよ、ガイ。

「木ノ葉の気高《けだか》き碧《あお》い猛獣、見参！」


ドゴッ！


ガイのかかと落としが、敵の脳天に炸裂《さくれつ》し、船体を揺るがせた。

その威力はすさまじく、床に大きな穴があいてしまったほどだった。もしも、床板下に配管スペースがなければ、敵の体はそのまま船底を突き破って、空中にたたき出されていただろう。

床下の暗闇《くらやみ》の中で、切れた電線が、バチバチと火花を飛ばした。

「待たせたな、カカシ」

「ガイ！」

「あーいたたたたた！」

「……………」

もうもうと立ちこめる塵芥《じんかい》。

「と、搭乗客のみなさん……」その中から現れたのは、足の痛みのせいで涙目になっているくせに、それでもナイスガイ・ポーズでキメているガイだった。「木ノ葉の気高き碧い猛獣、このマイト・ガイが来たからには、もう安心ですよ。大船に乗ったつもりで……うっぷ！」

そして、四《よ》つん這《ば》いになって、ゲーゲー吐いたのだった。

「あぁあ、船酔いのほうもひどいのね……」そうつぶやいた一秒後、カカシは叫んでいた。

「ガイ、後ろ！」

「え？」

急に上体を起こしたせいで、背後から襲いかかってきた忍の顔面に、ガイの頭突きがもろに決まった。

吹き飛ぶ襲撃犯。

「あれ……？」倒れた敵を見て、ガイが足の痛みも忘れて、きょとんとなった。「どうしたんだ、こいつ？」

しかし、その一撃が、ほかの忍の動きを封じたのは、たしかだった。抜刀《ばっとう》してガイを取り囲んではいるが、迂闊《うかつ》に間合いを詰められなくなった。

「け、け、計算どぉおおおり！」と、ガイは片足でケンケン跳びをしながら、両手を腰に当ててドンッと胸を張った。「ご覧になりましたか、みなさん！　これが木ノ葉の忍の実力ですぞ！　青春パワーに不可能なーし！」

「真《ま》っ青《さお》な顔して、嘘《うそ》ついてんじゃないよ、お前は……それより、いまのうちに、早く縄を切ってくれ」

「合点《がってん》だ！」


ドゴンッ！

カカシのほうへ足を踏み出したガイの目の前で、床板が爆発した。巨大な拳骨《げんこつ》に、床下から突き上げられたかのようだった。

「!?」飛びすさるガイ。

視界が、ふたたび塵芥に閉ざされる。

舞い上がった木端《こっぱ》が、バラバラとカカシの上に降りそそいだ。

「羅氷様《らひょう》!」襲撃犯たちのあいだから、歓声があがった。「ご無事だったんですね、羅氷様!」

「羅氷」塵芥の中から歩み出てきたのは、彼らのリーダーだった。「それが、貴様を葬《ほうむ》る者の名だ」

第六章

必殺！船酔い拳

「おい、貴様！」ガイが吼《ほ》えた。「オレは悲しいぞ！」

羅氷《らひょう》が眼をすがめた。

「貴様の気持ちは、このマイト・ガイ、よぉく分かる。いくら努力しても、いつも横からだれかが、ひょいっとおいしいところをかっさらっていく。しかも、そういうやつが、天才などと呼ばれたりするんだ」ガイは含みのある眼でカカシを一瞥《いちべつ》し、さらに力説した。「しかし、オレを見ろ！　いまや片足しか使えないが、そんなことくらいで腐ったりはしないぞ！　コツコツと自分にできることを根気よく積み重ねていけば、オレのようにまた自分の足で立つことだってできるんだ。そして、いずれはその鼻持ちならない天才どもが、オレに助けを求めるようになるんだ。いまのこいつが、まさにいい例だ！」

そう言って、カカシをビシッと指さした。

「お前ねえ……こんなときに、なにを……」

「さあ、羅氷くん、いますぐこんなことはやめるんだ。これ以上、罪《つみ》に罪を重ねるんじゃない。世の中を恨《うら》むな、恨んじゃいけない……」ガイが自分の言葉に酔うのはいつものことだが、このときも感極《かんきわ》まって、熱い涙をとめどなく流したのだった。「さあ、きみの悩みを打ち明けてみろ。このマイト・ガイが、青春フルパワーで受け止めてやろう！」

搭乗客たちはすでに、隅《すみ》のほうへ避難していた。

「それでは、受け止めてもらおうか」腰を落とすなり、羅氷は素早く印《いん》を結んだ。「氷遁《ひょうとん》・砕氷槌《さいひょうづち》！」

「ガイ、自分に酔ってる場合じゃない！」カカシは叫んだ。「来るぞ！」

瞬時に間合いを詰めた羅氷の拳《こぶし》が、出遅れたガイのどてっ腹を貫《つらぬ》いた。

「！」

眼を剝《む》くガイ。

ニヤリと口の端をつり上げる羅氷。

が、次の瞬間、敵の拳が貫通したはずのガイの体が、蜃気楼《しんきろう》のように揺らめいて消える。

ガイの本体は、すでに後ろ回し蹴《げ》りを繰《く》り出《だ》していた。

「木《こ》ノ葉《は》旋風《せんぷう》！」

「ぬう!?」羅氷は、とっさに身を引き、次の拳を繰り出す。「砕氷拳《さいひょうけん》！」

ガイの蹴りと、羅氷の剛拳《ごうけん》が、激しくぶつかり合った。

ガキッ！


その衝撃で閃光《せんこう》が走り、船室の壁がビリビリ震えた。

同時に飛びすさる両者。

カカシは固唾《かたず》を呑《の》んで、この戦いを見守った。

「あーいたたたたた！」ギプスをしたほうの足をかかえて、ガイがピョンピョン跳《は》ねた。

「ぬぬぬ……な、なんのこれしき……青春パワーに不可能なしだ！」

「お前」と、羅氷。「その足、相当悪いと見た」

「足は折れてても、心は折れてないぞ」

「ならば、その心もオレがへし折ってやろう」

「ど、どうやら、口で言っても無駄なようだな」足の痛みに脂汗《あぶらあせ》をダラダラ流しながら、それでもガイは気を張った。「さあ、こい！」

「お前たち、手出しは無用だ！」羅氷が、がなった。「こいつは、オレが仕留《しと》める」

鉛色《なまりいろ》に変色した羅氷の両腕は、すでに鋼鉄と化している。カカシのいるところからでも、その両腕に集まった、すさまじいチャクラの量を感じることができた。まさに氷塊《ひょうかい》をも打ち砕く砕氷槌。食らえば、いくらガイでも、ひとたまりもないだろう。

腕をさっとふると、ガイの両手に、まるで魔法のように双襲牙《そうしゅうが》――ガイ仕様のヌンチャク――が現れた。

「未《いま》だ、この双襲牙をかいくぐってオレに攻撃を当てた者はいない」

言うなり、ガイは眼にも止まらぬ早業《はやわざ》で、双襲牙をふり回しはじめた。

ふた組のヌンチャクが、ビュンビュンと風を切りながら、ガイの体にまとわりつく。それは生き物のようでもあり、またガイの体の一部のようでもあった。

シュシュシュシュッと空気を裂き、腋《わき》にはさみ、首や胴に巻きつけ、自由自在に双襲牙を操《あやつ》るガイに、さすがの羅氷も瞠目《どうもく》した。

よし、いけるぞ！　カカシは思った。双襲牙のスピードに、そして、そんな武器を操れるガイに、羅氷が攻撃をためらっている。

しかし、いくら快調そうに見えても、ガイはやはりガイである。唐突にピタッと動きを止めたかと思うと、そのまま固まってしまった。

眉間《みけん》にしわを寄せる羅氷。それは、カカシも同じだった。

「……？」

ラウンジがしーんと静まりかえり、次の瞬間、ガイの口から、嘔吐物《おうとぶつ》がとめどなくあふれ出したのだった。

「!?」

「ううう……カカシ……」すがるようにカカシを見つめるガイの眼は、苦悶《くもん》の涙に濡《ぬ》れていた。「き、気持ち悪い……足も痛い……」

こいつ、二重苦じゃないか！　カカシは仰天《ぎようてん》した。たぶん、自分がふり回している双襲牙を見ていて、船酔いがひどくなったんだ！

「ぐぬぬぬ……」羅氷の額《ひたい》に青筋が立つ。「コケにしやがって……」

ぐっと踏み込むなり、羅氷はガイの悪いほうの足に蹴りを入れた。

苦痛に顔をゆがめるガイ。

その頭めがけて、砕氷拳をたたき込む。

「死ね！」

が、運はまたしても、ガイに味方した。

船酔いのせいで足がもつれ、後ろに体をそらせた拍子に跳《は》ね上《あ》がった右足が、なんと羅氷の顎《あご》を捉《とら》えたのである。


ガツッ！

ガイの右足には、大きくて重いギプスがつけられている。

その固い蹴りを食らって吹き飛んだ羅氷は、なにが起こったのか理解できずに、眼をぱちくりさせるばかりだった。

が、一番びっくりしているのは、ガイ本人のようだった。

「み、見たか……な、名付けて……」と、片足でケンケンしながら、思案した。「えっと……名付けて、ふ、ふ、船酔い拳！」

「………」

もう好きにしてくれ……カカシは、そう思わずにはいられなかった。

「ふ、ふざけやがって……」

羅氷はギリリと歯噛《はが》みし、烈火の如《ごと》く攻撃を繰り出してきた。

新技《しんわざ》を編《あ》み出《だ》したガイではあったが、じつのところ、やはり戦うどころではない。片足が使えないうえに、激しい船酔いのせいで、世界がゆがんで見えるほどであった。

床が水あめのようにぐにゃりとねじれ、立つこともままならない。ときどきしゃがみ込んで、ゲーゲーやった。

だから、ガイが次の攻撃を顔面すれすれでかわせたのも、カカシは偶然だと思った。

が、二度あることは、三度あった。

それどころか、四度目も五度目もあった。よろよろとしゃがみ込んでは嘔吐《えず》き、ふらつき、白目を剝《む》いてくねくねと体をよじるガイに、羅氷は一発も攻撃を当てることができない。

こいつって……カカシとしては、二度びっくりだった。船酔い拳を使いこなしてるじゃないか！

「おのれぇ……ちょこまかと」

怒《いか》り心頭の羅氷の攻撃が、だんだん雑になってくる。それでも、三発に一発は、砕氷拳がガイをかすめるようになった。

「おい、カカシ」

小さな声に呼ばれたのは、羅氷の拳が酒棚《さかだな》をなぎ倒したときだった。酒瓶《さかびん》が床に落ちて、砕け散った。

見下ろすと、いつの間《ま》にか、パックンがそばにいた。

「起爆札《きばくふだ》は全部回収したぞ」パックンが言った。「いま縄《なわ》を咬み切《き》ってやる」

パックンがカカシの手を縛《いまし》めている縄と格闘するあいだも、ガイと羅氷の戦いは続いていた。

こぼれた酒に足を滑らせて、ガイが派手にすっころぶ。

そこへ、羅氷が砕氷拳を容赦《ようしゃ》なくふり下ろす。

ガイがゴロゴロころがると、的をはずした羅氷の拳が、床にドコドコと穴をあけていった。

跳ね起きたガイは反撃に出たが、大ぶりしたその拳は、ことごとくかわされただけでなく、ついに敵に懐《ふところ》に飛び込まれてしまった。

「これでキメる！」体を沈めた羅氷の眼が、ギラリと光った。「砕氷拳！」

剛拳が、ガイの腹を捉えた。

ドスッ、という鈍《にぶ》い音が響き渡り、ガイの体が宙に浮く。眼玉と、体の中の空気が、いっぺんに飛び出した。

勝利を確信した羅氷が、ニヤリと笑った。

ガイの体から飛び出したのは、しかし、空気だけではなかった。

「うっぷ！」

「！」

気がついたときには、ガイの口からプシャーッと勢いよく噴《ふ》き出《だ》したものが、羅氷の顔面を直撃していた。

「ああ……悪い、悪い」ガイが恐る恐る、言った。「ちょっとかかってしまった……ようだな？」

「こ、殺す……」顔からすっぱいものをボタボタ滴《したた》らせながら、羅氷が吼えた。「うおおおお！」

連打の嵐が、ガイを襲った。

蹴り、突き、掌底《しょうてい》、肘《ひじ》、膝《ひざ》、拳——相手を痛めつけるために使えるところは、全部使わなければ割に合わないとばかりに、羅氷は打って、打って、打ちまくった。

「ガイ！」

すでにパックンの牙《きば》によって切れかけていた縄を、カカシは力まかせに引きちぎった。

「オレたちの用はもう済んだのか、カカシ!?」

「ありがとう、パックン……今度、みんなに美味《うま》い肉をおごるよ！」

ニヤリと笑ったパックンが、ドロン、と白煙にまかれて消えた。

床を蹴って舞い上がったカカシの手に、チャクラが一気に流れ込み、バチバチバチと紫色《むらさきいろ》に放電する。折られた指に激痛が走ったが、そんなことは、どうでもよかった。

「!?」異変に気づいた羅氷が、血走った眼をこちらに向ける。「お前、いったいどうやって……」

崩《くず》れ落《お》ちるガイの陰《かげ》から、カカシは飛び出した。

「紫電《しでん》！」

敵は反応しきれない。

が、渾身《こんしん》の紫電をたたきつけることは、けっきょくできなかった。


シュッ！


空気を切り裂く音に、反射的に体《たい》を開く。銀色に輝くクナイが、カカシの頬《ほお》をザックリと切り裂いた。

「!?」

着地するなり、バック転で逃《のが》れる。

追いかけてくるクナイが、カカカッ、と床に突き刺さった。刺さったとたん、あっという間に溶けて消える。

クナイじゃない……体勢を低く保ったまま、カカシは新手《あらて》をにらみつけた。換気ダクトの中で襲ってきた氷の牙と同じものだ！

「華氷《かひょう》！」羅氷が叫んだ。「なにをしてるんだ！　お前は姿を見せぬ手はずだろ！」

「私が氷剣を飛ばさねば、兄上はやられてました」白い忍装束《しのびしょうぞく》に鈎《かぎ》模様のある面をつけた新手は、カカシに向き直った。「すぐ殺すには惜しい男……はたけカカシ、お相手願おう」

第七章

凍てついた雷《いかずち》

「氷遁《ひようとん》・地《じ》鎖連氷《されんひよう》！」

華氷《かひよう》が印《いん》を結び、手のひらを床にたたきつける。

氷の結晶が、蛇《へび》のようにカカシのほうへのび出す。結晶は、たちまち巨大なつららとなって、牙《きば》を剝《む》いた。

カカシも、すかさず応じる。

「紫電《しでん》！」

床に手のひらをたたきつけた。薄紫《うすむらさき》の電流が、大量の酒がこぼれている床を伝い、バチバチと爆《は》ぜながら、氷の牙を迎え撃った。


ドオオオオンッ！


はげしく衝突した氷と雷《いかずち》が、船を揺るがすほどの大爆発を引き起こした。

悲鳴をあげる搭乗客たち。

爆風に吹き飛ばされたグランド・ピアノが、逃げ遅れた子供に襲いかかる。その男の子をさっと抱き上げて宙に舞い上がったのは、折れた足もなんのその、青春パワー全開のガイだった。

ピアノが壁に激突すると、天井のシャンデリアが大きく揺れた。

泣きじゃくる男の子を母親に戻したガイが、ギロリと羅氷《らひょう》をにらみつけた。

「やっぱりお前たちは、口で言っても分からんようだな」

「はっはっは！」羅氷が笑いながら突進してくる。「面白くなってきたぞ！」

拳《こぶし》と拳、蹴《け》りと蹴り——ガイと羅氷の戦いは、五分《ごぶ》と五分のまま、手数《てかず》だけがどんどん増えていった。十手、二十手、三十手と、激しくぶつかり合った。

「お前は……」カカシは自分の敵に向き合った。「二か月前に、我龍《がりょう》の身辺警護をしていたやつだな？」

「お前たち木《こ》ノ葉《は》に勝てるとは、思っていない」

「……………」

「しかし、命を投げ出せば、私たちのメッセージはきっとだれかに届く」華氷は静かに言葉を継《つ》いだ。「そして、次はそのだれかが動く。そうやって、私たちの意志は受け継がれてゆく」

「我龍はただの理想主義者だ。理想主義者の厄介《やっかい》なところは、その理想のためなら、世界を焼《や》き尽《つ》くしてしまうことだ」

「こんな世界など――」

「滅んでしまえばいい」

「……」

「そう言いたいんだろ?」カカシは敵に半眼を据《す》えた。「うちはマダラも、そしてオレの親友だった男も、たぶん、そう考えていた。だけど、じつはやつらが一番この世界を愛していたのだと、オレは思っている」

仮面の下で、華氷が眼を泳がせたように感じられた。

「ナルトから聞いたよ、お前は波《なみ》の国のせいで子供を失っているんだろ?」

「……!」

「だったら、世界なんか滅びてしまえと思うのも無理はない」カカシは言った。「忍《しのび》なんかやってれば、だれでも愛する者の死に、いずれ直面する」

「薄氷《はくひょう》は……息子《むすこ》は、戦《いくさ》で命を落としたのではない!」

「……」

「薄氷は……薄氷は……波の国のやつらに殺されたんだ!」

「だから、お前は波の国に復讐《ふくしゅう》を誓ったのか……？」

「忍としての死は、忍自身が選んだものだ！」華氷が吼《ほ》えた。「忍になる時点で、死ぬ覚悟はできている……私は……私と兄上は、薄氷にそんなふうに生きてほしくなかった。だから抜《ぬ》け忍《にん》となって、波の国に身をひそめた。だれも傷つけることのない、静かで、争いのない生活を望んだだけなのに……」

「お前は間違っている」

「……!?」

「生きているかぎり、オレたちは戦い続けなければならないんだ」カカシは言った。「忍だろうが、ふつうの人だろうが、そんなことは関係ない。クナイをふり回すのも、札束をふり回すのも、同じことなんだよ。生きていくことそれ自体が、いつでも命がけの戦いなんだ」

「うわあああああ！」華氷が奇声をあげて、突っ込んでくる。「お前に、なにが分かる!?」

「……！」

繰《く》り出《だ》される攻撃を、カカシは冷静にさばいてゆく。敵の拳が空《くう》を切り、ブロックされ、蹴りはカカシの残像を割った。

「仲間の死と、血を分けた子供の死はまったく違う！」

カカシは身をかがめ、華氷の回し蹴りをかわす。

「仲間を失った悲しみなど、いずれ時が解決してくれる！」

肘打《ひじう》ちを、掌底《しょうてい》で押し上げる。

「お前なんかに、子を殺された親の気持ちが分かってたまるか！」

突き出された拳を、カカシはガシッと摑《つか》んだ。「だったら、なぜ他人の子供の命を奪おうとする？」

「!?」

先ほどガイが助けた子供が、おびえた目でこちらを見つめていた。

「お前たちが処刑した人たちだって、だれかの子供だろ」カカシは言った。「お前のその悲しみは、たとえ世界を滅ぼしても、消えてなくなりはしないよ」

「うわあああああ！」カカシをなぎ払うと、華氷は床に手のひらをズンッとたたきつけた。「氷遁・地鎖連氷！」

「！」

それまでとは比《くら》べものにならない巨大なつららが、華氷を取り囲むようにして、広がっていった。

それはさながら、感情を凍りつかせるために華氷が咲かせた、大輪の氷の花のようだった。

氷の牙は、バック転で逃《のが》れるカカシだけでなく、羅氷や、ガイや、搭乗客たちにも襲いかかった。

ぐんぐんのびてゆく氷の花弁は、天井を刺《さ》し貫《つらぬ》き、床板をめくり上げ、船体の壁にその尖《とが》った切《き》っ先《さき》を押しつけた。

「やめろ、華氷！」叫んだのは、羅氷だった。「まだ海の上だ！　こらえろ、華氷！」

すっかり我《われ》を忘れている華氷の耳には、しかし、兄の声は入らない。それどころか、一段とチャクラを発散させて、氷の花に勢いをつける。

羅氷はつららを跳《と》び越《こ》え、華氷の腹に鉄拳をたたき込まねばならなかった。


ドスッ！


気を失い、羅氷の腕の中に倒れ込む華氷。

が、ほんの零《れい》コンマ数秒、遅かった。


ドガンッ！

華氷が気を失うのと同時に術も解けたが、氷の花は雲散霧消《うんさんむしょう》するまえに、船体に大きな穴をあけてしまったのだった。

空気は、気圧の高いところから、低いところへと流れる。上空五千メートルの希薄な大気が轟音《ごうおん》を立て、一気に食堂ラウンジ内の空気を吸い出そうとするのは、物事の道理であった。

「!?」

搭乗客たちが、船体にあいた穴から、次々に吸い出されてゆく。皿やフォーク、ナイフにスプーン、床に散らばった木端《こっぱ》や割れた酒瓶《さかびん》、それから、遊覧飛行のために持ち込まれた数々の調度品《ちょうどひん》とともに。

ほとんどのワイヤーが切れたのだろう、シャンデリアはいまや、残った一本でかろうじて天井にぶら下がっている状態だった。

搭乗客の悲鳴を、ゴウゴウとうなる風がかき消す。

羅氷は華氷を抱いたまま、近くの柱に摑まり、風圧に持っていかれそうになる体を、かろうじてつなぎ止めていた。

「ぬおっ!」ガイの体が宙に浮く。

「ガイ！」カカシは身を投げ出してガイの手を摑まえたが、折れた指のせいで、力が入らない。「くそ！」

それでもどうにか、壁の破れ目から飛び出ている送電線を摑まえる。そのせいでガイを摑まえたまま、船外へと飛ばされる形になった。

「うわっ！」

まるで破れた旗のように、カカシとガイの体が風にいたぶられる。上下左右が恐ろしい速さで入れかわり、何度も船体にたたきつけられた。

「カカシ、手を放せ！」ガイが吼えた。「このままじゃ、お前も落ちてしまうぞ！」

「あ、暴れるな、ガイ……」

「ええい、放せ！　オレなら大丈夫だ！　これしきの高さ、青春パワーをもってすれば、どうってことない！」

「ね、寝言は……寝てから言うものでしょうよ」

ガイを摑まえている手も指が折れているなら、送電線を摑まえたほうの手の指も、やはり折れている。

どんなに力を込めても、ズルズルと手の中から逃げ出そうとする送電線を、カカシはどうすることもできなかった。

〝カカシ先生？　聞こえてますか、カカシ先生？〟

いのの呼びかけに応答する余裕など、あるはずもない。

落下してゆく搭乗客が、眼の端をかすめる。カカシの眼の端をかすめたのは、しかし、
それだけではなかった。

〝記念式典会場の近くで、やつらに襲われた人たちが保護されました〟

まるで木の葉のように吹き飛ばされていく、白い花びらのようなもの——

〝カカシ先生、聞こえてますか？　波の国がたったいま、襲われた人たちの情報を綱手《ツナデ》様に知らせてきました〟

その表面に鈎《かぎ》模様が見えたとき、カカシはそれが華氷の仮面だということに気づいた。

ほとんど真横に吹き流されながらも、カカシは華氷をどうにか捜し当てた。食堂ラウンジの奥で羅氷に抱かれ、ぐったりしている華氷を。

風に巻き上げられた、長い巻き髪——

〝カカシ先生？　龍波《りゅうは》武装同盟に襲われた十二人の内訳《うちわけ》は、男性が十一人と女性がひとりです……聞こえてますか、カカシ先生？　やつらに襲われたのは、男性が十一人と——〟

「!?」

その瞬間、全《すべ》てが消え失せた。

音も、風も、時間までもが。

ついに送電線が手から滑り抜け、ガイとともに落下していくカカシが最後に眼にしたもの——

〝——女性がひとりです〟

それは、あの青いロングドレスの女だった。

第八章

死の縁まで五千メートル

天空に投げ出されたカカシのまわりには、同じようになす術《すべ》もなく落下してゆく搭乗客が散らばっていた。

ガイと眼が合う。

うなずきかけてくるガイを見て、やつもまた死を覚悟したことを、カカシは悟《さと》った。

いくら忍《しのび》といえど、高度五千メートルから地上にたたきつけられれば、行き着くところはひとつしかない。

くそ……

眼を閉じると、青いロングドレスを着た華氷《かひよう》が見えた。

あなたたちが迷えば迷うほど、犠牲者《ぎせいしゃ》は増えるわ——厨房《ちゅうぼう》に隠れていたとき、彼女はすがるような眼でそう言った。

お前なんかに、子を殺された親の気持ちが分かってたまるか！　——仮面の下で、彼女は全身でそう叫んだ。

オレになにができた？　彼女になにをしてやれた？　そこまで考えて、ふと可笑《おか》しさが込み上げてきた。よそう……もう終わりだ。

死がついに——訪れる。オビトや父さんや、戦《いくさ》の中で散っていった仲間たちのところへ、オレも行くんだ。

だから、体が重力に逆らってふわりと浮かび上がったとき、カカシにはなにが起こったのか、分からなかった。

「……？」

「間に合ってよかった」

眼を開けると、自分を見下ろしているサイが、にっこり笑った。

「忘れたんですか？　カカシ先生が、ぼくを呼んだんでしょ？」

「！」

ガバッと身を起こす。

そこは、サイの描《か》いた鴻《おおとり》の背の上だった。

上下左右を見渡す。

はるか上空の飛鯱丸《とびしやちまる》の下で、超獣偽画《ちようじゆうぎが》の鴻の大群が、まるで黒い雲のように旋回《せんかい》していた。

鴻の足にぶら下がっているガイが、ニカッと笑って親指を立ててくる。それから、悪いほうの足を持ち上げた。ギプスの足の裏には、〈青春〉の二文字があった。

飛鯱丸から投げ出された搭乗客たちも、ある者は鴻の背にしがみつき、ある者は嘴《くちばし》にくわえられ、またある者は鴻の足にガッチリと摑《つか》まれている。

「大丈夫です」サイが言った。「全員救助しました」

「いま、高度がどれくらいか、分かるか？」

「そうですねえ……」飛鯱丸を見上げるカカシの視線を、サイが追った。「ざっと五千五百か、六千メートルでしょうか」

食堂ラウンジの調度《ちょうど》や人々が投げ出されたぶん、飛鯱丸は身軽になっている。カカシは考えた。おそらく、そのせいで少し高度が上がっているんだ。

午前中には雲ひとつなかったが、いまや数切れの黒い雲が、西のほうから流れてきている。空気はかすかに、水のにおいをはらんでいた。

「襲撃犯の身元は分かってるのか？」

「いいえ。綱手《ツナデ》様がほうぼうに当たっているのですが……」

「主犯は、羅氷《らひょう》という男だ」少したらってから、付け加えた。「それと、その妹の華氷」

サイが、うなずいた。

カカシは、上空に浮かぶ、飛鯱丸を見上げた。

進路は、西北西。

そっちになにがある？

カカシは、頭をフルに回転させた。

龍波《りゅうは》武装同盟の要求は、我龍《がりょう》の釈放。人質と引きかえに、やつらは目的を果たそうとしている。

しかし、当然、木《こ》ノ葉《は》がそう簡単に取り引きに応じるとは、考えていないはずだ。だとしたら、やつらは交渉が決裂した場合に備えて、ほかに手を打っているかもしれない。

やつらの切り札は、華氷だ。それは、間違いない。

自《おの》ずと答えが出た。

「やつらは鬼燈城《ほおずきじょう》へ向かっている」カカシは口を開いた。「木ノ葉につっぱねられた場合に備えて、上空から我龍を救出する作戦だ。鬼燈城の守りを固めるんだ」

「……！」

華氷の術を使って、我龍を上空へ押し上げる。地鎖連氷《じされんひょう》のつららを使えば、充分に可能だ。あとは飛鯱丸で我龍を回収するだけだ。

〝いの〟カカシは心の中で、呼びかけた。〝聞こえるか、いの？〟

〝聞こえます〟すぐに返事があった。〝ご無事でなによりです、カカシ先生〟

〝飛鯱丸は鬼燈城へ向かっている〟

〝！〟

〝たぶん、やつらは我龍を空から救出するつもりだ〟

〝分かりました、すぐ綱手様に知らせます〟

「サイ」

「はい」

「オレを飛鯱丸に戻してくれ」

「………」

「胸騒ぎがする」カカシは言った。「それに、残ってる人質を、ほうってはおけない」


上昇気流に乗って、サイの鴻は雨雲を突き破り、またたく間《ま》に飛鯱丸の上空へ出た。

船体にあいた穴は、すでに氷がふさいでいる。華氷の地鎖連氷によってできたつららが、あふれんばかりに垂《た》れ下《さ》がっていた。

彼女は無事だ。

ホッとすると同時に、カカシは気を引《ひ》き締《し》めた。

それにしても、空気が薄い。

約六千メートルというサイの読みは、たぶん正しいだろう。飛鯱丸への侵入口を探しながら、カカシは計算した。七千メートルくらいまでなら、たとえ空気を圧縮して船内の気圧を上げなくても、搭乗客がすぐに意識を失うことはない。が、酸素が足りなくなるのは、時間の問題だ。しかも、カカシの見るところ、飛鯱丸は少しずつ上昇している。

操舵室《そうだしつ》の計器類が壊れたのかもしれない。だから、操縦士は機体の上昇に気づかないのか――

「あそこ」サイが指さした。「客室のゴンドラの上に、穴があいてます」

カカシはサイの指し示《さしめ》す方角へ、身を乗り出した。流れゆく雲の切れ間から、侵入口を見きわめようとした。

気嚢《きのう》の下部、ちょうど鯱《しゃち》の胸びれの付け根のあたりに、人ひとりが抜けられる穴があいていた。

「よし、あそこから侵入する」

サイがうなずくと、鴻は翼を傾け、空を斜めに滑り落ちて穴のそばでピタリと止まった。

第九章

綱手の決断

木ノ葉隠《こはがく》れの里、火影《ほかげ》執務室では、綱手《ツナデ》が三面六臂《さんめんろっぴ》の働きで采配《さいはい》をふるっていた。

「シズネ、波《なみ》の国からはまだ連絡がないのか！　いのの報告では、リーダーは羅氷《らひよう》と華氷《かひよう》とかいうやつららしい。それを伝えて、このふたりの身元を洗わせろ！　シカマル、鬼燈《ほおずき》城《じよう》のほうはどうなってる？　囚人たちが不穏《ふおん》な動きを見せたら、構わん、ただちに制圧！　サクラは医療班を組織して、ただちに鬼燈城へ向かえ！　シズネ、暗部《あんぶ》を待機させておけ！」

それから眼を閉じ、心の中で念じた。

〝いの、カカシはいまどうなってる！〟

〝サイからの報告では、また飛鯱丸《とびしやちまる》へ潜入したそうです〟

執務室のドアが、バンッ、と開き、サイの肩を借りたガイが飛び込んできた。

「綱手様！　マイト・ガイ、ただいま帰還いたしまし——」

ゴンッ！

綱手の剛拳《ごうけん》が、ガイの脳天に炸裂《さくれつ》した。

「おお……おおおお……」

「ガイ、貴様ぁ……」綱手は、頭を押さえて悶絶《もんぜつ》するガイの胸ぐらを摑《つか》んで、ユッサユッサとゆさぶった。「任務をほったらかして、飛鯱丸に乗ってたそうだな！」

「いえ、そんな……め、め、滅相《めっそう》もない！　じ、じつは……えー、じつはですね……あっ、そうそう、足の具合が悪くてですね……かかりつけの医者が波の国にいるもんですから……そうそうそうそう！　で、たまたま病院への通り道に飛鯱丸が——」

「貴様ぁ……そんな嘘《うそ》をぬけぬけと」

「綱手様、いまはそれどころではありません！」拳《こぶし》を固めて、ガイの頭に二発目を見舞おうとした綱手を、シズネが後ろから羽交《はが》い絞《じ》めにした。「岩隠《いわがく》れのオオノキ様より無線が入っております！」

「そ、そうですぞ、綱手様！」ホッと胸を撫《な》で下《お》ろすガイ。「いまは飛鯱丸のことが先決ですぞ！」

「うぬぬ……ガイ、お前は敵の人相を描いておけ」それから、執務机に置かれた無線機に向き合った。「なんだ、土影《つちかげ》？」

「挨拶《あいさつ》もなしか、綱手姫?」無線機がオオノキの声を吐き出す。「まあ、いい……それより、お前の国の上空にぽっかり浮かんどるもん、ありゃ波の国が極秘に開発しとった船じゃろ?」

綱手は言葉に詰まった。

「おいおい、ワシらも忍《しのび》じゃぜ。綱手姫ともあろう者が、まさかあんなドでかいもんを、隠しおおせるとは思っとらんかったじゃろ?」

「岩隠れから……見えてるのか?」

「岩隠れだけじゃない。ほかの里も、気づいとるはずじゃぜ。ただ、第四次忍界大戦《にんかいたいせん》をともに戦った仲間に敬意を表して、どこも見て見ぬふりをしとるだけよ。あの船の警護は、木ノ葉の極秘任務らしいからのお」

「この両天秤《りょうてんびん》じじいが……」

「しかしワシも、まさかあんなでかいもんとは、思いもせんかったわ」

「こっちはいま忙しいんだ!」綱手が怒鳴《どな》りつけた。「さっさと用件を言ったらどうだ!」

「やれやれ、若いもんはせっかちでいかん」無線機からため息が漏《も》れた。「それじゃ、言おう。数日前、狼哭《ろうこく》の里に見慣れぬやつらが現れ、青火粉《あおびこ》を大量に仕入れていったそうじゃぜ」

「!?」

「知ってのとおり、狼哭の里は、薬師《くすし》の里……やつらが練成する青火粉の爆発力は、起爆《きばく》札《ふだ》の数倍はあるんじゃぜ」

「なにが言いたい？」

「ワシらは、その青火粉を追っとった。あんなもんを岩隠れに持ち込まれたら、たまったもんじゃないからな……まあ、それはさておき、どうやらいま空の上にぷかぷか浮かんどる船に、その青火粉が積み込まれたようじゃぜ」

「！」

「波の国は、あの船を使って、運輸業界に旋風《せんぷう》を巻き起こそうとしとる」土影は声をあらためた。「しかしな、綱手姫、技術の革新には、いつだって裏の面があるんじゃぜ。だれかが麻酔薬を作ったら、だれかがそれを麻薬に作りかえる。だれかが料理包丁を作ったら、だれかがそれを使って人を斬《き》ってみようとする——」

「だれかが空飛ぶ船を作ったら、だれかがそれを使って空からの戦《いくさ》を仕掛ける……か」

「ほかの忍《しの》び里《ざと》が、いまのところ黙っとるのは、あの船の進路を見きわめようとしとるからじゃぜ。もし、あの船が岩隠れの方角へ鼻面《はなづら》を向けとらんかったら、ワシだって黙っとったわ」

「……」

「よく聞け、綱手姫」オオノキが言った。「いま、あの船の中でなにが起こっとるのか、ワシは詮索《せんさく》するつもりはない……だがな、もしあの船がこのまま進路を変えずに、まっすぐ岩隠れの里に飛んでくるようなら、ワシは撃ち落とすぜ」

カカシの読みが正しければ、飛鯱丸は草隠《くさがく》れの里の鬼燈城へ向かっている……綱手は考えた。そして、その鬼燈城は、草隠れと岩隠れの境にある。

「船は草隠れに向かっている」綱手は無線機をにらみつけた。「万一、草隠れを通過するようなら、私が撃ち落とす」

執務室に緊張が走った。

「それを聞いて、安心したぜよ」通信を切りあげる前に、土影が言った。「青火粉をどっさり積んだ船に、頭の上でうろちょろされるのは、あまり気持ちのいいもんじゃないからな」

あの両天秤じじいのことだ、これしきのことで安心などするはずがない……沈黙した無線を前に、綱手はしばし思案した。おそらく、ただちに草隠れとの境に、手練《てだ》れを配置するだろう。

ガイ、サイ、サクラ、シズネ、キバ、シノ、それに暗部の面々——口を開く者は、だれもいなかった。

ザ——ザザ——ザ——

雑音を長々と響かせたあとで、無線が息を吹きかえす。

「火影！」苛立《いらだ》たしげな男の声が、執務室に響き渡った。「我龍様《がりよう》はまだ釈放されんのか!?」

「……羅氷か？」

一拍の間《ま》のあとで、羅氷が鼻で笑った。「もうバレちまったのか……」

「進路を変えろ、羅氷」綱手は声を張った。「このままだと、飛鯱丸は撃ち落とされるぞ……木ノ葉がやらなくても、ほかの里が黙っちゃいない。いまなら、まだ間に合う。波の国に引きかえせ」

「飛鯱丸の行先は、オレが決める」

「話を聞け——」

「黙れ！」

「……！」

「いますぐ我龍様を釈放しろ！　三分だ……三分経《た》っても、我々の要求が聞き入れられぬ場合は、処刑を開始する！」

無線が、ガチャッ、と乱暴に切れた。

三分……綱手はギリリと奥歯を噛《か》み締《し》めた。そのあいだに、カカシひとりに、いったいなにができる？

かといって、我龍を釈放するわけにはいかない。羅氷のような、ならず者どもの要求に屈したら、木ノ葉は五大国の中での立場を失う。仕事の依頼が減り、里の者が餓《う》えることになる。

くそ、いったいどうすればいいんだ……？

重苦しい静寂《せいじゃく》の立ち込める執務室に、外のどよめきが届く。

「おい、見ろよ！」窓辺へ駆け寄ったキバが、空を指さして声を張りあげた。「飛鯱丸が見えるぜ！」

いつの間にか、空には暗雲が垂れ込めている。その下を、巨大な鯱《しゃち》が、ゆっくりと西へ向かっていた。

な、なんだ、あれは!?　往来をゆく里の者たちが、びっくり仰天《ぎょうてん》して叫んだ。でっかい魚が空を飛んでるぞ！

「サイ」綱手は組んだ両手に顎《あご》を乗せ、眼を閉じた。「飛鯱丸は、あとどれくらいで鬼燈城に着く?」

「上空は追い風でしたので……」サイが言った。「このままだと、二十分ほどで」

「綱手様……本気ですか?」サクラがおずおずと切り出した。「飛鯱丸を撃ち落とすって……まだカカシ先生が中にいるんですよ!?」

永遠とも思えるほどの沈黙が流れた。

カッと眼を見開くと、綱手は毅然《きぜん》と命じた。

「サイは上空で待機! いのに、土影が言ったことをカカシに伝えさせろ! それから、ナルトに気取《けど》られぬよう、全員ただちに鬼燈城へ向かえ!」そして、言った。「万一、飛鯱丸が鬼燈城を素通りするようなら……たとえ風に流されただけでも、即刻撃ち落とせ!」

第十章

心

いのが土影《つちかげ》の意向を伝えてきたとき、カカシは換気ダクトの中を這《は》い進《すす》んでいた。もう少しで、操舵《そうだ》室の換気口という場所にいた。

〝また処刑が再開されます……あと二分ほどで〟

が、処刑の再開と同じくらいカカシの心を占めていたのは、この船に積まれているという、青火粉《あおびこ》の存在だった。

くそ、やつらはいったい、どこに青火粉を隠しているんだ!?

〝カカシ先生、すぐにその船から逃げてください……綱手《ツナデ》様は本気です、なにかあったら、本気で飛鯱丸《とびしゃちまる》を撃ち落とすつもりです〟

〝ありがとう、いの〟ダクトの中を這い進みながら、カカシは答えた。〝だけど、そんなわけにはいかないよ〟

〝でも!〟

〝お前がオレのことを心配してくれているように、この船に取り残された人たちにも、どこかで心配してくれている人がいる〟

〝……〟

〝そんな人たちを簡単に見捨てるようじゃ、オレは火影《ほかげ》になっても里の人たちを守れないよ〟

換気口から飛び降りると、カカシは流れるような早技《はやわざ》で、操舵室を見張っていた敵を、音もなく打ち倒した。

操縦士が、ふたりとも驚いたような顔でふりかえった。

「シッ！」カカシは人差し指を口に当てた。「木《こ》ノ葉《は》の忍《しのび》です」

操縦士たちが、うなずいた。彼らの前方の大窓には、灰色の雲海が広がっていた。

「落ち着いて、できるかぎりこのまま高度を保《たも》ってください。もし敵に高度を下げろと言われても、なんとかごまかして、絶対に高度を保ってください」

カカシがこう求めたのには、理由《わけ》がある。

もし本当に青火粉がこの船にあるとしたら、敵はおそらく鬼燈城《ほおずきじょう》を爆破するために用意したはずだ。

地上に待機している龍波《りゅうは》武装同盟が、その混乱に乗じて我龍《がりょう》を救出する。

たぶん、青火粉は、鬼燈城の上空から投下されるだろう。つまり、命中率を上げるためには、どうしても船の高度を下げなければならないのだ。

食堂ラウンジのほうからどよめきが聞こえた。

「助けてください！」泣き叫ぶ、女の声だ。「この子は……この子は、生まれつき喘息《ぜんそく》持ちなんです！」

「……!?」

足音を忍ばせてラウンジに近づくと、カカシは柱の陰《かげ》に身をひそめた。

「でも、どうしても飛鯱丸に乗るんだって楽しみにしてて……お願いします！　処刑するなら、私を処刑してください……その代わり、その代わり……この子だけは、助けてください！」

ゼエゼエ喘《あえ》いでいる子供を、母親と思《おぼ》しき女性が抱きかかえていた。よくよく見てみると、それはピアノに押しつぶされそうになったところを、ガイが助けてやった男の子だった。

華氷《かひょう》が船体に穴をあけたせいで、船内の気圧が一気に下がって、空気が薄くなった……カカシは理解した。そのせいで、発作を起こしたのか。

四方にさっと眼を走らせる。どうやら、あの騒ぎで、搭乗客の三分の一ほどが、船外に放り出されたようだ。

十二人いたはずの敵は、いまは七人に減っている。さっき操舵室で倒したやつが眼を覚ませば、八人か――

「さっきの騒ぎで、お薬を落としてしまったんです！」母親は、必死に訴えかけた。「このままだと、この子は息ができずに死んでしまいます！」

が、羅氷《らひょう》はなんの感情もない冷たい眼で、親子を見下ろすばかりだった。

「お願いします！　お願いします！　どうか、どうか……」

「そのガキひとりのために、船を着陸させることはできん」

「！」

「お前は波《なみ》の国の人間だろ？」羅氷が尋ねた。「仕事はなにをやっている？」

「しゅ、主人は医者を……」

「医者か！」その顔が、残酷な喜びに輝いた。「オレの甥《おい》っ子はな、波の国の医者に見捨てられて死んだ……ほら、いまお前らのそばに立っている、オレの妹の子だ」

苦しげに喘ぐ息子を抱いたまま、母親は涙に濡《ぬ》れた眼で、華氷を見上げた。

華氷はじっと顔を伏せていた。

「これも因果《いんが》応報《おうほう》だな」そう言って、羅氷が肩をゆすって笑った。「今度はオレたちが、お前の子を見捨てる番だというわけだ」

耳障《みみざわ》りな笑い声を聞きながら、カカシは華氷にひたと半眼を据《す》えた。

華氷は動かない。長い巻き髪が、仮面をつけていないその顔に、深い影を落としていた。柱の陰から歩み出る前に、カカシは窓の外をよぎる鳥の影を認めた。

「その子を助けてやれ」

「はたけカカシ!?」羅氷が、殺気をみなぎらせた。「貴様、また性懲《しょうこ》りもなく……」

「華氷」カカシはそれを無視して、呼びかけた。「お前はさっきオレに言ったな、『お前なんかに、子を殺された親の気持ちが分かってたまるか』と……だけど、お前には分かるはずだ」

華氷の体が、ビクッと強張《こわば》った。

「頼む、その子を助けてやってくれ」

「バカか、お前は!」羅氷が怒鳴《どな》った。「今度こそ、あの世へ送ってやる!」

「黙れ」

「!」

カカシの眼力に圧《お》されて、羅氷が固まった。

「船を着陸させる必要はない」カカシは華氷に眼を戻し、「オレの仲間が、この船について飛んでいる。そいつに、この子をあずけるだけでいい——その代わりに、オレが処刑されてやる」

長い髪の下から、華氷がにらみつけてくる。

「だったら、まずお前が死んでみせろ」横から口を出してきたのは、またしても羅氷だった。「ガキを釈放したとたん、お前の気が変わらないともかぎらん」

「…………」

襲撃犯たちが、下卑《げび》た声で笑った。

カカシは躊躇《ちゅうちょ》しなかった。一瞬にしてチャクラを右手に集め、紫《むらさき》に放電する手刀《しゅとう》を、自分の首筋にたたきつけた。

羅氷が、ハッ、と息を呑《の》む。

が、一番驚いたのは、カカシ本人だった。

「……!?」

たしかに、紫電《しでん》を発動した。なのに、手刀はぴしゃりと首を打っただけで、血も出なければ、首がゴロンともげることもなかった。

白熱していた右手が、たちまち冷えてゆく。

それどころか、足元から白い冷気が立ちのぼり、血管の中を氷の棘《とげ》がこすっているかのような痛みが、全身に走った。

氷がビキビキビキと足を這い上がってくる。

「!?」

カカシはとっさにチャクラを全身に巡《めぐ》らせた。すると、すでに膝《ひざ》まで這い上がってきていた氷が、たちまち雲散霧消《うんさんむしょう》した。

「お前が死ぬ必要はない」華氷が静かに言った。「この子は助ける」

「おい、華氷、勝手は許さん――」

「兄上は黙ってて!」

「……!」

「無差別殺戮《さつりく》が、私たちの目的じゃないはず」兄の横槍を吹き飛ばした華氷は、カカシの眼を覗《のぞ》き込《こ》んだ。「それに、あなたにはもうなにもできない」

「いつだ?」注意深くチャクラを練《ね》りながら、カカシは訊《き》いた。「いつオレに術をかけた?」

「はじめて会ったときに」

「!」

飛鯱丸に乗るために、青いドレスの裾《すそ》を持ち上げて駆けてくる華氷――つまずいた彼女を抱きとめたとき、オレはもう術中にハマッていたのか。

華氷は親子に近づき、母親にうなずきかけ、子供を抱き上げた。

そのとき、カカシの眼に映《うつ》っていたのは、まるで我が子を抱くように、ゼエゼエと喘ぐ男の子を見つめる、華氷の悲しい横顔だった。

彼女が腕をひとふりすると、船体の穴をふさいでいた氷に、人ひとりが通れるくらいの亀裂《きれつ》がすうっと入った。

船内はすでに船外と同じ気圧になっているので、もうだれも吸い出されはしない。冷たい風といっしょに現れたのは、超獣偽画《ちょうじゅうぎが》の鴻《おおとり》の背に乗ったサイだった。サイはいつでも攻撃できるように身構えながら、鴻を氷の亀裂に寄せた。

男の子を差し出しながら、華氷が言った。「次にお前を見かけたら、人質を殺す」

「………」

サイは無表情に彼女を見つめかえし、それから身を乗り出して、無言で男の子を受け取った。

ふりかえった華氷は、母親に言った。

「さあ、あなたも」

涙で顔をぐしゃぐしゃにした母親は、ありがとうございます、ありがとうございます、と連呼しながら、サイに手を取ってもらい、船外の人となった。

「そ、そりゃ不公平だぜ！」ラウンジに取り残された者のあいだから、不平不満が漏《も》れた。

「なんであの親子だけ特別扱いするんだ？　だったら、オレも病気の子供を仕込んでおけばよかったぜ！」

氷の亀裂をふさいだ華氷は、そちらを見もせずに、また腕をさっとふる。

「どうせ、処刑の時間だ」

文句を言っていた男が、足元からビキビキビキと凍りついていった。それからはもう、だれも口を開こうとはしなかった。

「お前にかけた地鎖連氷《じされんひょう》を発動した」華氷はカカシに向き合った。「凍りつきたくなければ、ずっとチャクラを練って、その熱を全身に巡らせるしかない」

「なるほど……だから、チャクラを練ることのできない一般人は、ああもたやすく凍りついてしまうってわけか」

「チャクラを使って地鎖連氷を抑《おさ》えているかぎり、お前はほかの術にチャクラを回せなくなる。つまり、はたけカカシ――」言葉を切る。「いまのお前は、ただの人だ」

「お前だったんだな……みんなを凍らせていたのは、羅氷じゃなくて、お前だったんだな」

「地鎖連氷を使えるのは、私だけだ」

「なぜいままでオレに発動しなかった？」

少しためらったあとで、華氷の口から、ぽつり、ぽつり、と言葉が滴《したた》った。その声は、苦悩と、痛みと、悲しみにまみれていた。

さっき、お前は言ったな、はたけカカシ。『生きていくことそれ自体が、いつでも命がけの戦いなんだ』と。

しかし、その戦いに参加すらさせてもらえない者もいる。

私たちが逃げ出した霧隠《きりがく》れの里がそうだった。

あまり知られてはいないが、霧隠れには、むかしから身分制のようなものがあった。一番偉いのは、先祖代々霧隠れで生まれ育った者の家系。その次は、長い戦いの歴史の中で、霧隠れに味方した者の家系。そして一番下が、私の家のように、霧隠れに倒されてやむなく併呑《へいどん》された家系だ。

木ノ葉では、請《う》け負《お》った任務を、忍の実力に応じてふり分けているはずだ。

霧隠れでは、違う。もっとも危険な汚れ仕事は……いつも、私のような最下層の者に回ってくる。実力など、まったく関係ない。

里にしてみれば、私たちはいつ霧隠れを裏切るか分からない、いわば危険分子だ。だから、危険な任務を割り当てる。

首尾よく任務をこなせば、それに越したことはない。たとえ不首尾に終わって、私たちが命を落としたとしても、それはそれで結構なことだというわけさ。

いまの水影《みずかげ》になって、状況はずいぶんよくなったようだが、少なくとも、私の時代はそうだった。先代の水影は、うちはマダラに操《あやつ》られていたという噂《うわさ》もある。とにかく、そんな霧隠れに愛想を尽《つ》かして、里を捨てた者も多い。

桃地《ももち》再不斬《ザブザ》という名を、お前も聞いたことがあるだろう。霧隠れの鬼人《きじん》と呼ばれた男だ。いち早く里を抜けた者のひとりだ。子供のころの彼は、とてもやさしい子だったと聞く。

知ってるか？　霧隠れは、その昔、血霧《ちぎり》の里と呼ばれていた。私たちは忍者になるために、ある試験を受けなければならないんだ。

忍者学校の生徒同士の殺し合いさ。

たぶん、お前もここまでは知っているはずだ。でも、その試験を受けさせられるのは、私たち最下層の忍だけだということは知るまい。

その卒業試験で、まだ子供だった桃地再不斬は、百人を超す忍者予備軍の少年たちを皆殺しにした。

そこからさ、彼が鬼人と呼ばれるようになったのは。そして、抜け忍《ぬけにん》となってからは……生きていくために、金で人を斬るようになった。最後は、どこの馬の骨とも分からないやつに、不意打ちを食らって死んだと聞いている。

私の夫は、桃地再不斬の失敗を教訓にしようとした。里を抜けるのはいい。あんなところにいても、私たちのような者に未来はない。しかし、抜け忍たちが生活に困らないように、彼らが生きていける場所を波の国に作ろうとした。

知ってのとおり、波の国には隠《かく》れ里《ざと》がない。

私の夫はそこに眼をつけた。隠れ里がないのは、忍が必要じゃないということではない。波の国が忍五大国に依頼していた任務を、私たちが請け負うことができれば、抜け忍たちはそこで人間らしい生活ができるはずだと考えた。

夫の読みは、半分だけ当たった。

波の国の連中は、私たちに仕事を依頼するようになった。そのおかげで、私たちは生活ができるようになった。

だけど、汚れ仕事を請け負う抜け忍の集団に、敬意を払う者はいなかった。

私の夫は、だんだん心が蝕《むしば》まれていった。そう、あの桃地再不斬のように。

彼が桃地再不斬と違うのは、怒りを外に向けるのではなく、自分自身に向けたこと。

夫は、酒に溺《おぼ》れるようになった。

ここから先は……ありきたりの話だ。酒を飲んで、飲んで、飲んで……ついに、ある夜、海に落ちて溺れ死んでしまった。

夫の死をきっかけに、私は抜け忍の村を去った。小さな息子をかかえて、どうにか波の国の人間として生きていこうとした。

いろんな仕事をした。つまらない仕事ばかりだったが、だれのことも傷つけることのない仕事に、私は満足していた。貧しいけれど、息子とふたりで人生を立て直せたと思った。

そう思っていたのに……。

息子の薄氷《はくひょう》は、私の血継限界《けつけいげんかい》を受け継いでいた。

ある日、友達と遊んでいるときに、その友達が、おそらくふざけてスズメバチの巣に石を投げた。

怒ったスズメバチが襲ってきた。

薄氷は、友達を救いたい一心で、だれにも教わらなかったはずの術を繰《く》り出《だ》した。必死に友達を守ろうとした。

薄氷は、彼の血に書き込まれている方法に従って氷の剣を作り出し、スズメバチから友達を守った。

自分がいくら刺されても、友達に襲いかかるハチを退治しようとした。そのおかげで、その友達は、ほんの数か所刺されただけで済んだ。

だけど、薄氷は全身を刺されていた。

それから、どうなったと思う?

その友達は、薄氷を見捨てて、ひとりで逃げ帰ってしまったんだ。

日が暮れても家に帰ってこない薄氷を探しに、私はその子の家に行った。すると、まるで化け物でも見るような眼で見られたよ。薄氷が抜け忍の子だと分かっていたら、うちの子を遊ばせたりしなかった……母親にそんなことまで言われた。

それでも、私は子供たちがどこで遊んでいたか、どうにか聞き出した。

薄氷を見つけたのは、すっかり陽《ひ》が落ちてからだった。薄氷は……息子は、ひとりぼっちで森の中に倒れていた。

体中が腫《は》れてて……顔なんか、見る影もないほどだった。それでも、うわ言《ごと》のように、腫れた唇《くちびる》でつぶやいていた。スズメバチの巣に石なんか投げちゃダメだよ……早く逃げて……早く逃げて……ぼくがハチをやっつけてあげるから——

華氷が言葉を詰まらせると、食堂ラウンジが、水を打ったように静まりかえった。

カカシには、かけるべき言葉が見当たらなかった。子供を持ったことがないうえに、オレは火影に……木ノ葉隠れの里の父親になることにも、二の足を踏んでいる。そんなやつの言葉なんて、偽善以外のなにものでもない。

華氷の眼は、乾いていた。

涙が流れるよりも、カカシには、その乾いた眼のほうがずっと悲しかった。

胸が締《し》めつけられるほど虚《うつ》ろな華氷の眼は、いくつもの見たくもない結末を見てきた者の眼だった。

そして、桃地再不斬の最期《さいご》を思い出した。

あれは、第七班としての、最初の任務だった。ナルト、サクラ、それに、サスケもいたっけ。

大工のタズナが無事に波の国へ帰るための護衛という、簡単な任務のはずだった。

そこへ、海運会社の大富豪・ガトーという男が、再不斬と白《ハク》を殺し屋として差し向けてきたのだ。

再不斬も白も、手強《てごわ》い敵だった。あのサスケが、死にかけたほどの強敵だった。

なのに、まさかあんな幕切れになるなんて……ガトーの手下の雑魚《ざこ》どもに寄ってたかって刺し殺された鬼人・桃地再不斬、その最期の願いは、ただ白のそばで眠ることだけだった。

あのときの情景が——地面にならんで横たわる再不斬と白の姿が、死んだ息子を抱いて途方に暮れている華氷の姿と、重なった。

「なぜお前にすぐ術を発動しなかったのか……」華氷の唇が薄く動いた。「もしかすると、私はお前に私たちを止めてもらいたかったのかもしれない」

「……」

「もう遅すぎるがな」

オレになにができるだろう？　カカシは、指の関節が白くなるほど、拳《こぶし》を強く握り締めた。どうすれば、この女の心を救うことができるだろう？

「昔話はそこまでだ……」羅氷が命じた。「こいつをどこかへ閉じ込めておけ！」

忍たちが、カカシを取り押さえた。

華氷はもう、こちらを見てさえいなかった。

第十二章

氷の涙

カカシが入れられたのは、厨房《ちゅうぼう》の食材置き場だった。

ふたりの忍《しのび》に乱暴に蹴《け》り込《こ》まれ、ドアにガチャンと鍵をかけられた。忍たちは、ゲラゲラ笑っていた。

「信じられるか、オレたちがあのはたけカカシを捕まえたんだぜ！」ひとりがゲラゲラ笑いながら叫ぶと、もうひとりもゲラゲラ笑いながら奇声を発した。「うひょー！　龍波《りゅうは》武装同盟最強！」

船内の気圧が下がり、明らかに酸素が足《た》りなくなっているのだ。脳に酸素が充分に行き渡らないと、人間は異常に気持ちが高揚《こうよう》することがある。

「こら、カカシ！　てめえ、いつまでもいい気になってんじゃねェぞ！」忍たちはドアをガンガン蹴った。「こっちはこの船と心中するつもりで来てんだ、なめんじゃねェぞ！」

そう、いまのこいつらのように。

気分が高揚し、次は集中力や判断力を失う。そして筋肉に力が入らなくなり、気を失い、やがて昏睡《こんすい》状態に陥《おちい》り、最悪の場合、死ぬ。

だからカカシは、一《いち》か八《ばち》か、一芝居打つことにした。敵の判断力が失われていることを期待して。

野菜や肉のならんだ棚を見ていくと、牛乳の入った瓶があった。少し考え、この牛乳を使うことに決めた。

栓を抜いて、まずは一本、ゴクゴクと飲み干す。それからもう一本、口に含められるだけ含んだ。

心の準備を整えると、口に含んだ牛乳を、なるたけ大きな音をたててゲーゲー吐き出した。派手にゲホゲホと咳《せ》き込《こ》み、また牛乳を口に含んでは吐いた。

それを三回ほど繰りかえしたところで、ドアの外が静まり、敵が耳を澄ましているのが分かった。

すかさず体を〝く〟の字にして、床に横たわった。

すぐにドアの上部についている覗《のぞ》き窓が開き、ぎょろぎょろ動くふたつの目玉が現れた。

「おい……どうしたんだ？」

「ううう……ううう……」

口を隠すふりをして喉の奥に指を突っ込むと、カカシは先ほど飲んだ牛乳を首尾よく吐き出した。

「な、なんだ?」口からゲーゲー白いものを吐き出すカカシを見て、忍たちは肝《きも》をつぶした。「カカシが吐いてるぞ!」

「あ、頭が痛い……」カカシは荒い息をつきながら、途切れ途切れに言った。「ふ、船の高度が上がって……るんだ……」

「なんだ、それだけか?」

「お前たち……分かってるのか……この空気の薄さ……この船は、たぶん……いま、一万八千メートルを超えている……」

もちろん、でたらめである。

「だから、なんだ?」だが、敵は慌《あわ》てた。「高度と、お前が吐くことと、なにか関係があるのか?」

「し、知らないのか……高度が一万九千メートルになると……血液の沸点が……人間の体温と同じになる」

これは、事実である。

「だから、それがどうしたってんだよ?」だが、敵にはピンとこなかった。「だからって吐くこたぁねェだろ?」

「オレの見るところ……あと五分だ」

敵が顔を見合わせた。

「あと五分で……このまま上昇していけば……あと五分で……高度が一万九千メートルに達する」カカシは弱々しく言った。「オレたちの血が……体温で沸騰《ふっとう》しちまう……みんな……死ぬ」

「!?」

カカシの最後の言葉を聞いたときの敵の狼狽《ろうばい》ぶりたるや、嘘をついてごめんなさい、と謝りたくなるほどであった。

「ど、どど、どうすりゃいいんだ!?」ひとりが頭をかかえ、もうひとりが右往左往した。

「す、すぐに羅氷《らひょう》様に知らせなきゃ――」

「それじゃ間に合わない！」カカシは一喝《いっかつ》した。「オレをここから出してくれ……一か八か、オレの技で浮力部に穴をあけて、高度を下げるしかない！」

「そ、そんな……だって、お前は華氷《かひょう》様に地鎖連氷《じされんひょう》を打たれてて、チャクラが練《ね》れないんじゃ……」

そこで、カカシはもう一度喉の奥に指を突っ込み、盛大に牛乳を吐いてやった。

「オレをだれだと思ってる……」ゼエゼエ喘《あえ》ぎながら、身を起こす。「木ノ葉《こは》の……はたけカカシだ」

自分の名前がこれほどの効果を発揮したのは、カカシにしてみれば、はじめてのことだった。

敵はおたがいにうなずくと、鍵を開け、しかも殊勝《しゅしょう》なことに、手を貸して立たせてくれようとすらした。

カカシの眼が、ギラリと光った。


ドガッ！

バキッ！


「悪く思うなよ」

一分後、気絶したふたりの忍を食糧庫に閉じ込めたカカシは、厨房を抜け出し、宙吊《ちゅうづ》りの足場から船倉へと飛び降りていた。

もう一度パックンたちを口寄《くちよ》せしようにも、チャクラの練り方を変えたとたん、足元から凍りついてしまう。

青火粉《あおびこ》の捜索は、自力でやるしかなかった。

船倉に積まれた木箱の中には、とりたてて怪しいものは入っていなかった。酒や食料品、そして、落下傘《らっかさん》のベスト――

青火粉は、水に触れると爆発する。ふつうはなにかの容器に水分と分けて仕込み、衝撃を加えることで、水と青火粉が混ざるようにする。

が、それらしき容器が、どこにも見当たらないのだ。

カカシの胸に、いやな予感が広がっていく。

もしオレが羅氷だったら、青火粉をどこへ隠すだろうか？

考えるまでもない。浮力部を見上げる。宙吊りの足場の上に、飛鯱丸《とびしやちまる》を浮かべている気《き》嚢《のう》の底部が見えた。

もし羅氷がこの船で鬼燈城《ほおずきじよう》に体当たりをするつもりなら、あの気嚢の中に青火粉を仕込んでおくのが、一番効率がいい。水分としては、華氷の氷が使える。体当たりの衝撃で気嚢は燃え、氷が溶け、青火粉が爆発する。鬼燈城は木端微塵《こっぱみじん》だ。

いや、そんなはずはない。カカシは不吉な考えを、頭から打ち消した。飛鯱丸を鬼燈城にぶつけたら、やつらが救出しようと思っている我龍《がりよう》が、巻き添えを食って死んじまうかもしれない。

地上には、やつらの仲間が待機している。おそらく羅氷は、空中から鬼燈城に青火粉を降らせ、シカマルたちが混乱している隙《すき》に、我龍を救出しようとするはずだ。

〝いの、聞こえるか、いの？〟

〝聞こえます、カカシ先生〟

〝やつらは鬼燈城に青火粉を落とすつもりだ〟

〝綱手《ツナデ》様からうかがいました〟

〝上空から落とすからには、目印になるものが必要だ。城の周囲をよく見張っていろ。ひょっとすると、狼煙《のろし》のようなものが上がるかもしれない〟

〝分かりました〟

と、タラップを降りてくる足音が、空っぽの船倉に響いた。

「！」

とっさに木箱の陰《かげ》に身をひそめるカカシ。

現れたふたりの忍は、まるで自分たちにしか分からない印でもついているかのようにひとつの木箱に近づき、せーの、という掛け声とともに持ち上げた。

風にあおられて、船体がぐらりと傾いたのは、そのときだった。

ひとりが木箱を取り落とすと、反対側を支えていたもうひとりがどやしつけた。

「気をつけろ！　死にたいのか!?」

その剣幕に、木箱を取り落としたほうが、真《ま》っ青《さお》になった。低酸素のせいで、集中力を欠《か》いていたのかもしれない。

ふたりは慎重《しんちょう》に木箱を運び上げ、食堂ラウンジのほうへ戻っていった。

カカシはすぐさま、残っている木箱をあらためた。どうやら、襲撃犯たちが持ち去ったのは、落下傘のベストが詰まっている木箱のようだった。

「……？」

ふだんならひとっ跳《と》びで中空の足場へ戻れるのだが、いまは思うようにチャクラが練れない。

カカシはタラップを駆け上がり、足場を経由して、厨房へ戻った。

換気ダクトへのぼろうとしたが、考え直して、そのまま食堂ラウンジに忍び足で近づいた。ろくにチャクラも練れないのに、もしダクトの中で華氷のつららに襲われたら、ひとたまりもない。

さいわい、厨房とラウンジをつなぐ出入り口近くに、グランド・ピアノが横倒しになっていた。

さっとその陰に飛び込むと、カカシは状況をうかがった。

羅氷が、操舵《そうだ》室側の出入り口付近で、さっきの木箱を開けていた。その頭上では、傾《かたむ》いたシャンデリアが、危なっかしく揺れている。

襲撃犯たちに追いたてられた搭乗客たちは、穴をふさいでいる氷のそばに、ひと塊《かたまり》になっていた。

そこに、華氷の姿もあった。

「我々龍波武装同盟は無益な殺戮《さつりく》を好まない！」羅氷が声を張った。「いまから人質を解放する！」

搭乗客はおたがいに顔を見合わせたが、忍たちに落下傘のベストを差し出されると、歓声があがった。

「ごめんなさい」華氷は、搭乗客がベストをつけるのを手伝った。「あなたたちを解放すれば、それで許されることではないけれど……本当にごめんなさい」

船外で風がうなり、飛鯱丸がまたガタガタと揺れる。

飛鯱丸はしばらく乱気流の中を突き進んだが、悪夢からの解放にすっかり心を奪われている搭乗客たちは、そんなことには気づいてすらいないようだった。我《わ》れ先《さき》に、ベストを奪い合っていた。

「慌てるな！」羅氷が、がなった。「落下傘は、ちゃんと人数分ある！」

おかしい……カカシの第六感が、そう叫んだ。あの羅氷が、こんなに簡単に人質を解放するなんて。

しかし、搭乗客たちにかいがいしく手を貸す華氷からは、なんの邪念も感じ取れなかった。心から、彼らに申《もう》し訳《わけ》なく思っているように見えた。

「よし、全員、落下傘をつけたな」羅氷が言った。「飛び降りたら、胸の前にあるその紐《ひも》を引け。そうすれば、落下傘が開く」

華氷が腕をひとふりすると、船体の穴をふさいでいた氷が、またたく間《ま》に溶けて消えた。外から風と雲が吹き込んでくる。

搭乗客たちはどよめき、床にしゃがみ込んだり、なにかに摑《つか》まったりした。それから、襲撃犯たちに手を貸してもらい、ひとりずつ船外へと飛び出していった。

カカシは、部下に風速や搭乗客たちの落下地点を尋《たず》ねる羅氷から、眼を離さなかった。

なぜだ……なぜ、いまになって人質を解放する？　窓の外に眼を巡《めぐ》らせても、灰色の雨雲しか見えない。それに、なぜ羅氷は、搭乗客たちの落下地点など気にする？

「!?」

ま、まさか……その小さな閃《ひらめ》きは、またたく間に、カカシの中で燃え広がっていった。

落下傘を倉庫から運び出したとき、襲撃犯が木箱をうっかり取り落とした。あのときの、やつらの慌てぶりが眼の前に蘇《よみがえ》る。まさか、羅氷は——

「ダメだ！」考えるまえに、体が動いていた。「そのベストをつけてはダメだ！」

「はたけカカシ！」ピアノの陰から飛び出てきたカカシを見て、羅氷が眼を丸くした。

「ぐぬう……貴様、いったいどうやって――」

「そのベストには青火粉が仕込まれている！」カカシは叫んだ。「着地の衝撃で爆発するぞ！」

眼を見開いた華氷は、カカシを見つめ、ふりかえって羅氷を見、またカカシに眼を戻した。

「ぬ、脱げない！」搭乗客たちが、腰砕けになった。「このベスト、脱げないぞ！」

「わっはっはっは！」羅氷の笑い声が、響き渡った。「もう遅すぎるわ！　やれ！」

忍たちが逃《に》げ惑《まど》う搭乗客を捕まえ、ひとりひとり船外へ放り出していった。

先細りに消えていく悲鳴を聞きながら、羅氷はカカシをにらみつけた。

「お前たちがさっさと我龍様を釈放していれば、オレもこんなことをせずに済んだんだ。みんなお前ら木ノ葉のせいだ！」

激しい怒《いか》りがカカシの中ではじけ、気がつけば、相手に飛びかかっていた。

「氷遁《ひょうとん》・砕氷槌《さいひょうづち》！」

瞬時に両の拳《こぶし》を固めた羅氷は、カカシを迎え撃つ。

カカシは素早く左右に揺さぶりをかけ、クナイで相手を突いたが、チャクラを練ることができない状態では、そのスピードはたかが知れていた。

クナイの切《き》っ先《さき》を見きわめた羅氷は、体《たい》を開き、カカシの腹に鋼鉄と化した拳を打ち込む。

「ぐはっ！」

カカシの体から、全《すべ》ての空気がたたき出された。そして、羅氷の蹴《け》りで、ラウンジの端まで吹き飛んだ。

すかさず体勢を整え、次の攻撃をしかける。

「紫電《しでん》！」

体が凍りつくのもかまわずに、術を発動した。

「なに！」羅氷がたじろいだ。

雷《いかずち》が刃《やいば》となって、床の上を走る。すかさずチャクラを全身に分散させ、すでに腰まで這《は》い上《あ》がっていた霜《しも》を抑《おさ》え込《こ》んだ。

羅氷がさっと跳びすさる。

が、カカシの狙いは、羅氷ではない。

紫《むらさき》の雷は搭乗客たちを打ち、彼らが身につけていた落下傘のベストを、切り裂いた。

それは、カカシにとって、大きな賭《か》けだった。少しでも狙いがそれれば、青火粉が爆発するかもしれない。

ベストの留《と》め具《ぐ》が、火花を散らしながら、次々にはじけ飛んだ。大慌てでベストを脱ぎ捨て、まろびつつ、穴から少しでも遠ざかろうとする搭乗客たち。

それを横目に見ながら、カカシは床に片膝《かたひざ》をつき、肩で呼吸をしていた。ほんのちょっとチャクラを動かしただけで、疲労困憊《ひろうこんぱい》してしまう。捨て身でかかっていっても、おそらくあと紫電一発が限界だろう。

「それまでのようだな?」羅氷がニヤリと笑い、カカシに向かって拳をふりかぶった。

「これで終わりだ!」

「……クッ!」

踏ん張る足に、力が入らない。カカシは両腕を頭上で交差させ、敵の拳を受けるべく身構えた。

が、羅氷の剛拳《ごうけん》が炸裂《さくれつ》することは、なかった。その拳が、ガキッ、と氷の牙《きば》にはじきかえされた。

「!?」

カカシは驚いたが、驚いているのは、敵もおなじだった。

「なにをする、華氷!?」羅氷の怒声《どせい》が轟《とどろ》いた。「なぜ邪魔をした!?」

「彼の言ったことは本当ですか、兄上？」華氷は、氷のように冷たい視線を、ひたと羅氷に据《す》えた。「そのベストに……青火粉を仕込んでいるのですか？」

「お、落ち着け……華氷」うろたえた羅氷が、しどろもどろになる。「お前に黙っていたのは、わ、悪かった……しかし、我龍様を救うためだ――」

華氷の眼から、涙がひと筋、流れ落ちた。

「……!?」

ラウンジが、しんと静まりかえった。全ての物音が、そのひと粒の涙のうちに、封じられたかのように。

滴《したた》り落《お》ちた華氷の涙は、空中で凍りつき、床に落ちて、ガラスのように――砕け散った。

すると、まるで大地に蒔《ま》かれた種が芽吹くように、氷の牙が轟きながら床から生《は》え出《だ》して、カカシに襲いかかった。

「！」

とっさに身を横に投げ出したカカシを、鋭いつららがかすめる。

華氷は、矢継《やつぎ》ぎ早《ばや》に術を繰《く》り出《だ》した。

氷の牙は、まるで蛇《へび》のようにのたくり、どこまでも追いかけてきた。カカシが壁を蹴って逃《のが》れると、つららはその壁を破壊した。カカシが中空に跳び上がると、つららは天井を刺《さ》し貫《つらぬ》いた。

残ったチャクラを右手に集めると、カカシは華氷に躍《おど》りかかった。

「紫電！」

違和感に気づいたのは、華氷に紫電をたたきつけようとしたときだった。

体が凍ってない。

そのことに気づくのと同時に、華氷が眼を閉じていることにも、気がついた。

華氷の顔の二センチ手前で、放電するカカシの右手から、殺気が抜けていった。

「なぜ打たない？」

「きみのほうこそ、なぜ術を解いた？　それに、きみはわざと攻撃をはずした」言葉を切る。「オレに殺してほしかったのか？」

ゆっくりと眼を開けた華氷の顔には、もう忍としての険《けわ》しさはなく、はじめて会ったときの——よろめいたふりをして、カカシに術をかけたときの、あのなにかに困惑《こんわく》しきった悲しみがあるばかりだった。

「あなたの言葉を……ずっと考えていた」長い巻き髪に隠れて華氷の眼は見えなかったが、その声は震えていた。「『ふたつの正義が衝突したときに一番大切なことは、命をかけて相手の立場に立つこと』……私は……私が求めていたのは、それだけだった……あのとき、もし波《なみ》の国がほんの少しでも私たちのような者の立場に立ってくれていたら、息子は死なずに済んだかもしれない」

カカシは黙っていた。

「でも、いま、私は……私がもっとも憎んでいる人たちと、同じことをしている……私は……」

しかし、その言葉が最後まで語られることは、なかった。

折からの乱気流のせいで、飛鯱丸の船体が、グラリと大きく傾いた。そのせいで、ついに最後のワイヤーが切れ、天井のシャンデリアが落下してきたのだ。

落下傘のベストを収めた木箱の上に。

ズドォオンッ！

「！」

耳を聾《ろう》する爆音が轟き渡り、火炎が一瞬でラウンジをなめ尽《つ》くした。

船底から船側《せんそく》にかけてあいた大きな穴が、ゴウッと火を噴《ふ》いた。そのせいで、数人の襲撃犯が外へ投げ出された。

「うわあああああ！」もはや、だれの悲鳴ともつかなかった。

それだけではない。

浮力部の気嚢と、客室ゴンドラの境目がメリメリと不気味な音をたてて裂け、ガクンッ、と床が沈《しず》んだかと思うと、食堂ラウンジが傾き、天井が破れてバックリと口をあけたのだった。

「みんな、船尾に逃げろ！」カカシが叫んだ。「ここはもう、もたない！」

傾いた床を、搭乗客がころげ落ちてゆく。

「氷遁・地鎖連氷！」

つららがドンッとのび出し、彼らが燃え盛る穴から投げ出されるのを、食い止めた。

ドッと吹き込む風が、炎をあおる。

火炎は、たちまち火柱となり、気嚢の底部にまで達した。

燃え広がる紅蓮《ぐれん》の炎を、華氷の地鎖連氷が押し戻す。ビキビキビキと走る氷が、気嚢をおおい、炎の侵食を許さなかった。

必死で印《いん》を結んでいる華氷を後目《しりめ》に、カカシは搭乗客をひとり、またひとりと厨房のほうへ導いた。

「このまま、まっすぐ走れ！　厨房を抜けたら、そのまま船尾まで行け！」

「もうダメだ！」操舵室から、操縦士たちが、まろびつつ逃げ出してくる。「ゴンドラが落ちるぞ！」

「こっちだ！」カカシは彼らの手をひっぱり、背中をどやしつけ、厨房のほうへ押しやった。「急げ！」

駆けてくる羅氷が、眼の端に入る。

床が大きく沈み込むと、羅氷が足をもつれさせた。そのすぐ横をグランド・ピアノが滑り抜け、襲撃犯をひとり道連れにして、船外に飛び出していった。

「来い、羅氷！」カカシは床に身を投げ出し、必死に手をのばした。「オレの手に摑まれ！」

羅氷が、びっくりしたように、眼をぱちくりさせた。

「急げ！」一喝《いっかつ》した。「もたもたするな！」

羅氷がカカシの手を摑まえるのと、床がめくれ上がるのと、ほぼ同時だった。羅氷の巨体が宙に浮く。

「……クッ！」

羅氷を摑んだ手に激痛が走り、カカシはいまさらながら、自分の指が折れていることに気づいた。

力が入らない。

それでも、歯を食いしばって、羅氷を繋《つな》ぎ止《と》めた。

「な、なぜ……」と、羅氷。「なぜ敵のオレを……」

「お……お前たちの気持ちは分かる」カカシは腕に力をこめた。「だが、正しい目的のためなら、どんなことでも許されるなんて、そんなのは戯言《たわごと》だ……」

「！」

「世界を変えたいなら……どんなことがあっても、どんなに苦しくても、自分が正しく在《あ》り続けるしかないんだ」

羅氷が眼を見張った。

「兄上！」

どうにか火を消し止めた華氷が、いまや斜めになった床を駆けのぼってくる。

が、すでに遅かった。

華氷が体を投げ出して兄の腕を摑まえようとしたとき、突き上げられるような衝撃とともに、船底が抜けた。

大きな力が、カカシの手から羅氷をもぎ取ってゆく。空中に投げ出された羅氷の顔は、いったいどうしてこんなことになったのだ、と問いかけているようだった。

「兄上！」

「羅氷！」

もはや、どうすることもできなかった。重力の法則は、その大きな手で、全てのものを地上へ引きずり下ろそうとしていた。

「はたけカカシ……」落下してゆく羅氷が、不意に表情を和《なご》ませた。「お前のような忍もいたのか」

泣き叫ぶ華氷を胸に抱いて、カカシは間一髪《かんいっぱつ》で厨房に飛び込んだ。

その一秒後、まっぷたつにちぎれたゴンドラが、飛鯱丸を離れて、落下していった。

第十二章

人間爆弾

上空で爆発炎上した飛鯱丸《とびしやちまる》は、鬼燈城《ほおずきじょう》の中庭からも望むことができた。

「おい、やべェことになってるぜ!」空を指さしながら、収監者《しゅうかんしゃ》たちが口々に叫んだ。「このまま、落っこちてくるんじゃねェか?」

それは、シカマルにも、ちゃんと見えていた。

数分前に、突如《とつじょ》、鬼燈城の上空で落下傘《らっかさん》がいくつも開いたのだった。

カカシが搭乗客を首尾よく逃がしたのだと判断したシカマルは、落下してくる人たちを救助すべく、リーとサイを天守閣《てんしゅかく》の屋根に配し、サクラ、チョウジを引き連れて、収監者でごったがえす中庭へと走り出た。

飛鯱丸が閃光《せんこう》に包まれたのは、シカマルが落下傘を二十一まで数えたときだった。

火はすぐに消し止められたようだが、そのあと飛鯱丸から落ちた者たちの落下傘は、けっきょく開かずじまいだった。

そして、コントロールを失った飛鯱丸が、少しずつ小さくなっているのは、見間違えようがなかった。

上空の風向きを考えると……シカマルは計算した。飛鯱丸が鬼燈城へ突っ込んでくる可能性は、限りなく低い。だが――

「やべェぞ、ありゃ……」

チョウジの視線を感じながらも、シカマルは飛鯱丸から眼を離さなかった。

「ゴンドラが落ちやがった。いまのあの船は、重石《おもし》を失ったようなもんだ……どんどん上昇していくぞ」

チョウジがゴクリと固唾《かたず》を呑《の》んだ。「どういうこと、シカマル……？」

「上空一万九千メートルあたりで、血液の沸点は体温と同じになっちまう」シカマルが言った。「船に残ったやつら、死んじまうぞ」

「！」

「どうするの……」サクラが色をなした。「まだカカシ先生が中にいるのよ!?」

「あんなに上がってしまってちゃ、もうサイにだってどうしようもねェ……」シカマルが苦しそうに言った。「とにかく、オレらはオレらにできることをやるぞ」

「落下傘が降りてくるわよ！」見張り櫓《やぐら》の上で、テンテンが叫んだ。「天守閣のほう！」

雨雲にさえぎられた淡い陽光を背に受けて、最初の落下傘がゆらゆらと天守閣のほうへ流れていく。

シカマルが見上げると、天守閣の上でリーがうなずいた。

横風が吹き、落下傘が流される。

落下傘と人を繋《つな》ぐ紐《ひも》——吊索《ちょうさく》がもつれ、そのせいで人の体が振り子のように、右に左に大きく揺れた。天守閣の上で待ち構えるリーたちの手をすり抜け、そのまま監房棟《かんぼうとう》へと落下してゆく。

「あっちにはキバとシノが待機して——」

着地点がカッと白熱し、シカマルの残りの言葉を、爆音が吹き飛ばした。


ドオオオオオンッ!


「!?」

監房棟が白煙に包まれ、すぐに火の手があがった。

「な、なんだぁ……?」

「シカマル!」立《た》ち尽《つ》くすシカマルの耳を、いのの金切り声が打った。「落下傘のベストに青火粉《あおびこ》が仕込まれてる!」

「……はあ?」

「カカシ先生から連絡があった！」天守閣の窓から顔を突き出して、いのは声をふり絞《しぼ》った。「すぐに敵襲があるわよ！」

「マジかよ……」

次の落下傘は、城門のすぐ外に落ちた。

耳をつんざく爆音が轟《とどろ》き、爆風が城門を吹き飛ばす。

収監者たちは、顔を見合わせた。なにが起こっているのかは分からなかったが、次の爆発で塀《へい》が崩《くず》れ落《お》ちると、まるで夢から覚めたかのように、歓声をあげて走りだした。

「ひゃっほーい！　やっとこんなくそ溜《だ》めからおさらばできるぜ！」

「もっと降ってこい、落下傘！　こんなところ、徹底的にぶっ壊しちまえ！」

混乱はそれだけでは、収まらない。

「我龍《がりよう》様！」黒装束《くろしようぞく》を着た忍《しのび》たちが城内へなだれ込んできて、大音声《だいおんじよう》で呼ばわった。「どこにおられます、我龍様！」

「チィ……めんどくせーことになったぜ」

シカマルは、手のつけられない混乱のさなかにあって、地面に落ちた落下傘の影を狙《ねら》って、術を繰《く》り出《だ》した。

「影首縛《かげくびしば》りの術！」

シカマルの影がグンッとのび出し、落下傘の影を捉《とら》える。その影が支えとなって、落下傘の本体が空中でピタッと静止した。

「テンテン！　ベストを傷つけずに、留《と》め具《ぐ》だけ壊せ！」

見張り櫓から跳《と》んだテンテンが、いっせいに忍具を飛ばす。宙吊《ちゅうづ》りになっている男のベストの留め具が破壊されると、男の体が落下傘からするりと抜け落ちた。

「うわあああぁ！」

「ふんぬ！」落ちてきた男を、チョウジがガッシと抱き止める。「どっせい！」

空《から》っぽのベストをつけたまま、落下傘が風に吹き流されていった。

息つく暇もない。

人間爆弾は、次から次に、空から降ってくる。

「影寄《かげよ》せの術！」

実体を持ったシカマルの影が、たちまち無数の触手となって、一度に十人を空中で釘《くぎ》づけにする。本来は影を使って物質を手元に引き寄せる術だが、その物質を――つまり落下傘を、元の場所にとどめておくこともできるのだ。

天守閣のほうで、爆音が轟いた。

「我龍が逃げていくわよ！」ベストの留め具を壊しながら、テンテンが叫んだ。「どうするの、シカマル!?」

どうするったって……術を発動しているシカマルは、動けない。黒装束の忍たちに守られた我龍が逃げていくのを、眼の端で追いかけることしかできなかった。いったい、どうすりゃいいってんだよ!?

落下してくる人たちを、サイの鴻《おおとり》がさっと空中でかっさらっていく。

上空では、シノの寄壊蟲《きかいちゅう》が黒い雲となって、落下傘に群がっていた。蟲《むし》たちにベストの留め具を食い破られた男たちが落下してくると、リーが跳び上がって空中で受け止めた。

キバとチョウジ、そして暗部《あんぶ》たちは、逃げ出した収監者たちを追った。牙通牙《がつうが》と肉弾戦《にくだんせん》車《しゃ》が同時に発動され、収監者たちをなぎ倒していく。

混乱の渦の中で、シカマルは空を見上げた。

残る落下傘は、あと四つ。

「シノ!」シカマルは叫んだ。「落下傘のほうは、まかせていいか!?」

「ああ」蟲を操《あやつ》りながら、シノがうなずいた。「お前は、我龍を追え」

シカマルの眼が、人だかりの先にある、黒装束の一団を捉《とら》える。色づいた楓《かえで》の葉が舞い落ちるそのむこう側で、我龍は忍たちに守られていた。

「待てっ!」

数人がこちらに向き直り、さっとクナイを飛ばしてくる。

「どけェ！」シカマルはクナイを避《よ》け、駆けながら印《いん》を結んだ。「影縫《かげぬ》いの術！」

鋭利な針と化したシカマルの影が、敵の足をいっぺんに刺《さ》し貫《つらぬ》く。

足から血を流しながら、敵の忍たちがバタバタと倒れた。

シカマルはそのまま我龍を追ったが、数歩も行かないうちに、足が止まった。

「……？」

なんと、面妖《めんよう》なことに、相手のほうがこちらへ向かって走ってくるではないか！

「ど、どうなされました、我龍様⁉」面食らっているのは、黒装束の忍たちも同じだった。

「さあ、早くまいりましょう！」

「どいてよ！」忍たちをふり切ると、我龍はこちらに向かって大きく手をふった。「シカマルぅ！」

「なんだぁ……？」

シカマルは眉間《みけん》にしわを寄せた。我龍のやつ、あんなオカマっぽい声だったっけ？

小脇《こわき》を締《し》め、まるで少女のように走ってくる我龍に、シカマルは身構えた。「止まれ！」

「もう、なに言ってんのよ……我龍はあたしが捕まえてるから、あんたはチョウジたちと逃げた収監者を追って！」

「……」

「なにボーッとしてんのよ……あたしよ、あたし！」

「ああ……いのか？」

どうやら、いのが心転身《しんてんしん》の術で、我龍の中に入り込んでいるようだった。

「いい、あんたたち！」いのは……我龍の姿をしたいのは、敵の忍に向き合った。「あたしに指一本でも触れたら、あんたたちのボスを殺しちゃうからね！」

忍たちが、あとずさりした。

「なにやってんのよ、シカマル……さっさと行きなさいよ！」

「ああ……分かった」

なぜ、そんなことをしたのか、自分でも分からない。気がつけば、シカマルはいのの……我龍の尻をさっと撫《な》でていた。

「キャッ」我龍が……我龍の姿をした、いのがぴょんっと跳び上がった。「なにすんのよ!?」

「ずっと気になってたんだが……そんななりをしてても、やっぱ『キャッ』て言っちゃうんだな」

シカマルの頭に、いのの……我龍の拳骨《げんこつ》を借りた、いののパンチが炸裂《さくれつ》した。

大混乱の鬼燈城のはるか西を流れる三つの星に気づいた者は、まだいなかった。

どこからどう見ても流れ星なのだが、普通の流れ星と違うのは、この三つの光る物体は空から落下してくるのではなく、逆にグングン上昇していることだった。

第十三章

天国への階段

カカシは華氷《かひょう》を胸に抱いて、飛鯱丸《とびしゃちまる》から落ちてゆく羅氷《らひょう》を、彼女の視界から隠した。兄を失った悲しみを、華氷はカカシの胸にぶつけた。カカシの胸に顔をうずめ、存分に泣き叫んだ。

華氷の慟哭《どうこく》が嗚咽《おえつ》に変わっても、カカシはそのまま彼女を抱き締《だし》めていた。それから、言わなくてはならないことを、言った。

「こんなときに、こんなことは言いたくないんだが……どうやら、飛鯱丸はどんどん上昇している。このままだと、オレたちは全員死ぬことになる」

返事はない。

「この船には、まだ救える命がある」カカシは、まるで子供をあやすように、やさしく語りかけた。「上手《うま》くいくかどうか分からないけど、オレはできるかぎりのことをするつもりだ」

カカシの胸に顔をうずめたまま、華氷がつぶやいた。「……どうするの？」

「浮力部の気嚢《きのう》に穴をあける」

「………」

「この船を造ったじいさんは、浮力には不燃性のヘリウムガスを使っていると言っていた。だから、たとえ火災が起きても、大爆発なんてことにはならない。上手く気嚢に穴をあけることができれば、飛鯱丸を着陸させることができるかもしれない」

「……上手くいかなかったら？」

「パンパンに膨《ふく》らんだ風船に針を刺したことは？」

「………」

「こんなでかい風船を割るのは、オレもはじめてだよ――」

不意に口をつぐんだカカシに、華氷は泣《な》き腫《は》らした顔を上げた。

「……どうしたの？」

カカシは手をあげて、華氷を制した。〝なんだって？　悪い、いの、よく聞こえなかった……我龍は確保したんだな？〟

〝それは、大丈夫〟頭の中で、いのの声が小さく鳴った。〝シカマルたちはまだ逃げ出した収監者《しゅうかんしゃ》を追ってるけど……たったいま、綱手《ツナデ》様から連絡がありました。土影《つちかげ》様がそっちに向かっています。ここからも見えます〟

カカシはゴンドラの破れ目から、眼下に渦巻く灰色の雲海を見やった。光を発する物体が三つ、ものすごいスピードで近づきつつあった。

〝ああ、ここからも見えるよ〟カカシは頭の中で返信した。〝飛鯱丸が岩隠《いわがく》れに入る前に、撃ち落とすつもりなんだろう〟

だとしたら、気嚢に穴をあけるのは逆効果か……カカシは迫りくるオオノキたちを見下ろしながら、大急ぎで思案した。穴から漏《も》れ出《だ》したガスが、船を押し出しちまう……いや、気嚢の前方に穴をあければ、逆方向に力が働いて、船を押し戻してくれるんじゃ……

華氷の長い巻き髪が、風にたなびいている。それを見て、カカシは風が東から西へ吹いていることに、あらためて気づいた。

ダメだ、気嚢の前方に穴なんかあけたら……と、考え直した。飛鯱丸は風の流れに逆らうことになる。下手《へた》をすれば、気流にもみくちゃにされちまうかもしれない。

そんなことになれば、オレたちはあちこちにたたきつけられて、死んだあともまだ船の中を跳ね回っているだろう。そう、まるで洗濯機に放り込まれたみたいに。

と、光の点のスピードが落ち、下方で静止した。

「……?」

不審に思ったのは一瞬だけで、すぐに理由が分かった。飛鯱丸は、土影の飛行可能域を超えて、上昇しているのだ。

〝この船は、撃ち落とさせない〟

〝ええ、そんなことにはなりません〟

〝……なに？〟

〝よく聞いてください、カカシ先生〟いのが言った。〝綱手様からの指令です、ただちに飛鯱丸を爆破してください〟

〝ちょっと待て……船にはまだ生存者が……〟

〝分かってます〟通信を切りあげるまえに、いのは感情を交《まじ》えずにそう言った。〝それは綱手様だって分かっています〟

カカシは、厨房《ちゅうぼう》の奥にうずくまっている人たちに眼を走らせた。

数人がすでに倒れていて、口を大きく開けて空気を貪《むさぼ》っている。急激な気温の低下に、だれもが体をブルブル震わせていた。

「いま、高度はどれくらいだ？」

膝《ひざ》をかかえて座っていた操縦士が顔を上げ、紫《むらさき》に変色した唇《くちびる》を動かした。「さあ……計器類がないから、なんとも言えませんが……この空気の薄さからして……たぶん、とっくに一万三千メートルを超えていると思います」

一万三千……カカシは計算した。飛鯱丸が大破して、まだ十分も経《た》っていない。

もともと高度五千メートルで飛行していたが、それまでのごたごたでもっと上がっていたはずだ。

七千メートルまで上がっていたとすれば、一万三千メートルまでの六千メートルを約十分で上がったことになる。

十分で六千メートル。つまり、この速さで上がり続けるなら、あと十分もすれば、この船は高度一万九千メートルに達するということだ。

血液が、体の中で沸騰《ふっとう》してしまう。

いや、そんなことにはならない。カカシは必死に考えた。その前に、気嚢が気圧差で爆発するだろう。だとすれば、ここは人為的に気嚢を破壊して、高度を下げたほうがいいのかもしれない。少なくとも、気嚢が不意に爆発して、意表を突かれることはない。

が、この気流の中で気嚢を破壊して、いまのオレに飛鯱丸をコントロールできるのか
……?

「あの光の点は？」

華氷の声は、しかし、カカシの耳にはまったく入らない。もう一度同じことを訊《き》かれて、ようやく我にかえった。

「岩隠れの土影だよ」と、どうにか返事をした。「この船に青火粉《あおびこ》がたっぷり積まれてい

ることを知っていて、岩隠れに入る前に撃ち落とすつもりだ」

「……」

「それだけじゃない。たったいま、木ノ葉《こは》から指令が入った……オレは、この船を爆破しなきゃならない」

「そんな！」華氷が叫んだ。「この船には、まだ生存者がいるのよ！」

カカシは苦しげに眼を伏せた。

「ごめんなさい……」と、華氷。「ぜんぶ私たちのせいだわ」

「オレは忍《しのび》だ。死ぬ覚悟はできている。だけど……この船に乗っている人たちは、きっとこの遊覧飛行をとても楽しみにしていたはずなんだ。まさか、こんなことになるなんて……」

華氷が、唇を噛《か》んだ。

「すまない……」カカシは続けた。「きみを責《せ》めるつもりはなかったんだ」

「ううん」華氷はかぶりをふった。「責められて当然よ」

「オレにはもう……打つ手がない」

「草隠《くさがく》れの里を出る前に、この船を着陸させればいいのね？」華氷は顔を、決死の表情で染めた。「だったら、気嚢を破りましょう」

「ダメだ」今度は、カカシが首をふる番だった。「気嚢に穴をあけたところで、この船は気流にもみくちゃになるのが関の山だ」

「私は『穴をあけましょう』なんて言ってない」

「……？」

「『気嚢を破りましょう』と言ったのよ」

カカシは眼をすがめた。

「一《いち》か八《ばち》か、やってみるしかない」大きな瞳に決心をみなぎらせて、華氷が言った。「もうこれ以上、だれにも死んでほしくないから」


華氷に言われたとおり、カカシは船尾へと向かった。

宙吊《ちゅうづ》りの足場を渡り、鉄の梯子《はしご》をのぼり、飛鯱丸へ潜入したときに使った推進部へたどり着いた。

操舵《そうだ》室は客室ゴンドラといっしょに落ちてしまっていたので、推進部のプロペラは回転を止めていた。

そのまま梯子をのぼり、ついに作業員たちが保守点検に使う足場へ出た。そこからだと、浮力部の気嚢は、手に触れられる近さにあった。

やるしかなかった。

このまま飛鯱丸が上昇を続ければ、どうせ全員が死ぬ。いや、その前に、風に乗って草隠れの領空を出たとたん、土影に迎撃されてしまう。気嚢を破っても、たちまち火の手が回って、みんな焼け死んでしまうかもしれない。

「行くも地獄、退《ひ》くも地獄か……」

搭乗客たちは、すでに船倉へ避難させている。

深呼吸をひとつつくと、カカシは気合もろとも、チャクラを込めたクナイを気嚢に飛ばした。


ガキンッ！


クナイの刃が気嚢を貫《つらぬ》き、火花が散った。

バチバチ、という小さな音が耳朶《じだ》を打つ。続いて、ヘリウムガスが勢いよく噴出した。

「！」

そして、やはり恐れていたことが、起こった。

はじめは小さな、赤い火だった。それが、ほんの十秒後には、気嚢の後部を焼《や》き尽《つ》くしていた。

ゴオオオオオオ！


気嚢の外皮が一気に燃えあがり、その炎が空気を巻き込んで吠《ほ》えた。またたく間《ま》に火は浮力部全体に回った。

それと同時に、飛鯱丸が鼻面《はなづら》を地面に向けて、落下をはじめた。

カカシは梯子を飛び降り、宙吊りの足場を駆け戻った。その頭上では、炎になめられた気嚢が、まるで神に消しゴムでもかけられているかのように、骨組みだけを残して、どんどん消えてなくなった。

浮力が失われていく。

厨房に飛び込んだときには、すでに華氷が印《いん》を結び終え、術を発動していた。

「氷遁《ひょうとん》・地《じ》鎖連氷《されんひょう》！」

その声は風にかき消されたが、彼女の術のほうは、そうじゃなかった。

落下する船体を、大きな衝撃が突き上げた。

「⁉」

飛鯱丸は一度跳ね上がり、次《つ》いで、華氷が地鎖連氷で作り出した氷の板の上に落ちた。その衝撃で、またゴンドラの一部が崩《くず》れ落《お》ちた。

華氷は、印を結んだまま、険《けわ》しい顔つきで術に集中している。よほどの負担がかかっているのだろう、その腕はブルブル震え、髪は逆立ち、ぎゅっと結んだ口の端からは流血していた。

チャクラをまとった氷の板は、まるで飛鯱丸の船底から生《は》え出《だ》してくるかのように、その行く手にどんどんのびてゆく。

雲海に頭から突っ込むと、雲がブワッと押し広げられ、船を呑《の》み込《こ》んだ。

気流に流されそうになるたびに、氷の触手が船体を強引《ごういん》に引き戻した。

「このまま船を着陸させる……」食いしばった歯のあいだから、華氷は言葉を押し出した。

「絶対に成功させてみせる」

雲の中は灰一色で、なにも見えない。

急激な落下に、耳が気圧の変化についていけない。固唾《かたず》を呑むと、耳をふさいでいた空気が抜けて、風の音が鮮明になった。

気嚢は、ほんの一分足《た》らずで、ほとんど骨格だけになった。燃え残った骨組みが、黒くくすぶっている。

炎は、まだ燃やせるものがあるはずだ、といわんばかりに、前へ前へと侵攻した。カカシと華氷の頭上には、青い炎と灰色の雲以外、なにもなくなっていた。

飛鯱丸は雲を突き破って、落下を続けた。右に左にぶれたが、そのたびに華氷がつららでガードを作って、船が板の上から滑り落ちないようにした。

大破した飛鯱丸は、ぐんぐん高度を下げていく。

と、体がふわりと浮き上がるような感じがした。

「!?」

カカシの体は、実際、一瞬宙に浮いていた。

「どうしたんだ!?」

「水分が足りない!」華氷が叫びかえす。「氷を作るための水分が足りないの!」

「!」

破れた厨房の床から下をのぞくと、それまで飛鯱丸をのせていた氷の板は、跡形もなく消えていた。

はるか下方には、黄色の大地が広がっている。紅葉《こうよう》している山々、そしてキラキラ光る川が流れていた。

氷の支えを失った飛鯱丸は、ほとんど垂直に落下していた。

高度が五千メートルを切ったことは、待ちかねたように飛来した土影を見て、分かった。

黒《くろ》ツチと赤《あか》ツチをしたがえたオオノキが、飛鯱丸にならぶ。

「おい、カカシ、どうやらこれまでのようじゃぜ！」土影が呼ばわった。「お前らだけなら助けてやれる……女、カカシ、飛び移れ！」

カカシと華氷は、眼を見交《みか》わした。

華氷がうなずく。

それだけだった。

それだけで、カカシは彼女が自分と同じ気持ちであることが分かった。

「なにをやっとる!?　さっさとせんなら、お前らごとその船を撃ち落とすしか――」

が、相手に最後までしゃべらせるほど、カカシは悠長《ゆうちょう》ではなかった。

華氷の口から、あっ、という驚きの声が漏れる。

ドッと突進したかと思うと、カカシは破れた床板を蹴って、船外へ飛び出していた。

その体が宙を舞った。

カカシと大地の間には、数千メートルの、空っぽの空間しかなかった。風がその銀髪をなぶり、その眼には氷のように固い意志が宿《やど》っていた。

「よし、こい！」

が、カカシはのけぞったオオノキの頭上を跳び越え、赤ツチの頭をトンッと蹴って、さらに跳梁《ちょうりょう》した。

「な、なにをやっとるんじゃ！」

「カカシ！」華氷も、土影に負けじと叫んだ。

カカシは、全身のチャクラを右腕に集めた。「オレが絶対に雨を降らせる！」

「カカシ！」

「あとは頼んだぞ、華氷！」

まぶしいほど白熱している右腕を大きく後ろに引くと、カカシは渾身《こんしん》の紫電《しでん》を雨雲にたたきつけた。

「うおおおおお！」


ドオォオンッ！


そのあまりのすさまじさに雲が割れ、一瞬、青空が垣間見《かいまみ》えた。カカシ自身、自分の技に、自分自身が吹き飛ばされたほどだった。

土影が、眼を見張った。

カカシの全身からほとばしった雷《いかずち》は、まるで触手のように四方へのび出し、雨雲を貫く。

たちまち雷が雷を呼び、雨雲が寄り集まって、バチバチと放電をはじめた。

「危ない、土影様！」赤ツチが叫んだ。「早くワイの影に隠れるだに！」

「いらぬ世話じゃぜ！」オオノキが一喝《いっかつ》した。「まったく、木ノ葉《こ　は》のもんは無茶をしよるぜ……」

ゴロゴロと雷鳴を轟《とどろ》かせる雨雲――ピシャッと落ちた稲妻が、地上の楓《かえで》の大木を、まっぷたつに引き裂いた。

「黒ツチ！　あのバカを助けてやれ！」

土影の命令に従って、気を失って落下してゆくカカシを、黒ツチが即座に追いかける。

降りだした雨の最初のひと粒が、黒ツチの頬《ほお》に当たった。


ずいぶん気を失っていたように思えるが、実際にカカシの意識が飛んでいたのは、ほんの数秒のことだった。

顔に降りかかる冷たい雨に、カカシは薄目を開けた。

とたん、巨大な影が、目の前をかすめて飛んでいった。

「!?」

見開いたカカシの眼に、破れたゴンドラの中で、必死に印を結んでいる華氷の姿が映《うつ》った。

降りしきる雨が、地鎖連氷に呼び寄せられ、いまや残骸《ざんがい》と化した飛鯱丸の船底に、氷の結晶を作ってゆく。

船底からのび出した氷の結晶は、天空に輝く白銀の滑り台をどんどん継《つ》ぎ足《た》していった。

その上を滑走する、飛鯱丸。

船が通り過ぎるそばから、その軌跡がどんどん砕け散り、キラキラ輝きながら宙に舞った。まるで飛鯱丸が、ほうき星かなにかになってしまったかのように見えた。

もしも天国への階段というものがあるとしたら……轟音《ごうおん》を鳴り響かせて滑り落ちてゆく飛鯱丸を見送りながら、カカシは考えるともなしに、そんなことを考えた。きっと、こんな感じなんだろうな。

天空いっぱいに、青白い氷の結晶が、音もなく漂っていた。

「こいつ、眼が覚めたようだぜ」耳元で声がした。「どうする、じじい?」

カカシは、黒ツチの肩にかかえられていた。

「こいつは、本気で死ぬつもりだったようじゃぜ」土影が言った。「どうもこうもあるか。あの厄介《やっかい》な船は、どうやらワシらの里へは落ちてこん。じゃったら、こんなところに用はないぜ」

「あっ」と、赤ツチが素《す》っ頓狂《とんきよう》な声をあげた。「鬼燈城《ほおずきじよう》から、なんか飛んでくるだに」

サイは無言で、鴻《おおとり》を黒ツチに寄せた。

土影がうなずくと、黒ツチが「あらよっと」と、カカシを鴻の背に放り出した。

「戦勝気分もそろそろ終わりにしろと、綱手姫に言っとけ。ワシらもそろそろ次の世代に道をゆずる頃合いじゃぜ」

それだけ言い残して、オオノキは飛び去ってしまった。

このときはじめて、カカシはずいぶん地上へ近づいていることに気がついた。見下ろすと、白煙をあげている鬼燈城の中庭で、人間たちがアリのようにうごめいていた。

城を取り囲むだだっ広い草原に、飛鯱丸は滑り降りた。鬼燈《ほおずき》の季節の過ぎた草原に、もうもうと土煙が舞った。

飛鯱丸は草の上を滑り、そして、前のめりになって静止した。

城のほうがどよめき、すぐに小さな人影が城門を飛び出して、飛鯱丸に駆けつけた。それは、どうやらサクラのようだった。

城の南側では、激しい戦闘が行われていた。旋風《つむじかぜ》が巻き起こり、逃げ出した収監者たちがいっぺんに吹き飛ぶ。リーの木ノ葉《このは》旋風《せんぷう》に間違いなかった。

城の中庭で伸び縮みしている影を見て、シカマルが踏ん張っているのだと分かった。

収監者たちをなぎ倒してゆく大きな球《たま》は、チョウジの肉弾戦車《にくだんせんしゃ》だ。

城へと続く一本道を駆けてくるのは、綱手とシズネに違いない。

シノの蟲《むし》、テンテンの忍具、キバと赤丸《あかまる》――そんな仲間たちを眺めていると、熱いものが胸に込みあげてくるのを、カカシはどうしようもなかった。

土影の言うとおりだ、そろそろオレたちが、道を受け継ぐ番なんだ。

カカシの中で、決定的な変化が訪れたのは、このときだった。

オレは写輪眼《しゃりんがん》を失ったことを、火影《ほかげ》という地位から逃げる口実にしていたんじゃないだろうか？

ふと、そんなふうに思った。

火影になるということは、守るべき者たちが増えるということだ。つまり、いつ何時《なんどき》、オビトを失ったときのような悲しみに襲われるか、分からない。オレは、そんな悲しみを背負う覚悟を、まだ持てていないと思い込んでいた。

里の仲間たちは、いま、この瞬間にも、黙っておたがいを支えているのだ。まるで朝が来たら眼が覚めるみたいに、当たり前の顔をして。ナルト、綱手様、シカマル、いの、ガイ、リー、テンテン、チョウジ、サクラ、サイ、ヒナタ、シズネ、イルカ、シノ、キバ

——みんなの顔が、次々にカカシの胸中をよぎった。

そして、そんな木《こ》ノ葉《は》隠《がく》れの里を、仲間たちを、心から誇りに思った。

もしも、こいつらがオレを必要とするなら……と、カカシは思った。オレはこいつらの悲しみを、みんなまとめて呑み込んでやろう。そう、当たり前の顔で。そして、こいつらといっしょに、悲しみにのたうちまわってやろう。

火影になるというのは、たぶん、そういうことなんだ。

第十四章

はじめての采配

やがて雨が止《や》み、暗雲は風に吹き流されていった。

鬼燈城《ほおずきじょう》の混乱は、一段落つきつつあった。

城の火災は消し止められ、粘り強く逃走を続ける収監者《しゅうかんしゃ》たちを、暗部《あんぶ》の忍《しのび》たちがじりじりと追いつめていった。

風が冬枯れした野原をドッと吹き抜けると、大地に横たわった飛鯱丸《とびしゃちまる》の残骸《ざんがい》を、木ノ葉《こは》の忍たちが用心深く取り囲んだ。

飛鯱丸は、浮力部がすっかり燃え落ちていた。気嚢《きのう》を支える骨格は、落下の衝撃で、ほとんど砕け飛んでいる。まるで大きな手に半分もぎ取られたかのような客室ゴンドラに風が吹き込むと、木端《こっぱ》がパラパラと落ちた。

最初の人影が、破れた船側《せんそく》からよろめき出てくると、綱手《ツナデ》の怒号《どごう》が轟《とどろ》いた。

「両手を頭の上に挙げて、ゆっくりと出てこい！」

その声を合図に、キバ、チョウジ、シノ、リー、テンテンが慎重に飛鯱丸に近づいていった。

搭乗客たちの中に、敵がまぎれていないともかぎらない。

上空では、サイが待機している。

「大丈夫ですか？」サクラだけが、搭乗客のあいだを駆けずり回って、みなの怪我《けが》の具合をあらためていった。「怪我をされた方はいませんか？」

ひとり、またひとりと、くたびれはて、やつれはてた搭乗客が船から出てくる。

だれもが茫然《ぼうぜん》と空を見上げ、そして、自分の足が踏みしめている大地の感触をたしかめるかのように、ゆっくりと歩《ほ》を進めた。中には、地面に足を下ろしたとたん、崩《くず》れ落《お》ちて倒れる者もいた。

綱手がうなずくと、忍たちは搭乗客を毛布で包んでやり、水を飲ませてやった。落下のときに骨折した者や、流血している者は、サクラが手当てをして回った。

「動くな！」

綱手の視線の先にいたのは――華氷《かひょう》だった。

木ノ葉の忍たちが、さっと戦闘態勢を取る。

華氷は、しかし、大破した船体のそばに、ただひっそりとたたずんでいた。途方に暮れたようなその大きな瞳《ひとみ》は、なにかを探しているようだった。長い巻き髪を、風にたなびかせながら。

「龍波《りゅうは》武装同盟の華氷だな?」

綱手を認めた華氷が、小さくうなずいた。

「船の中に、まだ仲間が残っているのか?」

ゆっくりと、かぶりをふる華氷。それが綱手の質問に対する答えなのか、分からないということなのか、それとも、いまさらそんなことはもうどうでもいいという諦《あきら》めなのか、だれにもなんとも言えなかった。

「だいそれたことをしてくれたな……貴様らのせいで、木ノ葉の信用はガタ落ちだ」

華氷は、沈黙を守った。

「波《なみ》の国も、飛行船の開発を完全に断念したぞ」綱手が押し殺した声で言った。「このまま、ただで済むとは思ってないな?」

眼に覚悟の色を浮かべて、華氷がうなずく。

「こいつを引っ立てろ!」綱手が腕をふって、命令を飛ばした。「追って沙汰《さた》があるまで、牢《ろう》にぶち込んでおけ!」

「ちょっと待ってください、綱手様」

その声に、綱手だけでなく、ほかの忍たちもいっせいにふりかえる。

驚きと、安堵《あんど》の入り混じった表情が、華氷の顔を赤く染めた。

そこにいたのは、シカマルに肩を支えられたカカシだった。

「カカシ！」綱手が声を張った。「無事だったか」

「綱手様」シカマルの肩から離れると、カカシはすっくと立った。「彼女の……華氷の処分は、オレにまかせてもらえませんか？」

「なに？」

綱手の視線と、カカシの視線が、つかの間《ま》、交差した。

「なにか考えがあるのか？」

が、カカシは綱手の質問には答えず、華氷と向き合ったのだった。

ふたりのあいだを風が吹き抜け、言いようのない懐かしさと、悲しみを舞い上げた。

「ついさっきまで、あそこにいたんだな」

そう言って、カカシは広大無辺の天空を仰《あお》いだ。

まだらに残った雨雲のあいだから、淡い光が射《さ》しはじめていた。

「よく生きて帰ってこられたものだ」華氷に眼を戻す。「だけど、みんながオレのように運がよかったわけじゃない」

華氷が眼を伏せた。

「搭乗客五十七名のうち、十八名が亡くなった」カカシは言葉を継《つ》いだ。「きみの仲間も、きみと、オレが食糧庫に閉じ込めたふたり以外、みんな死んだ……それについて、なにか言うことはあるか?」

華氷は唇《くちびる》を噛《か》んで、首をふった。

「華氷」

「……はい」

「お前の処分を言い渡す。飛鯱丸襲撃の主犯として、お前には——」

「あの……」背後からの声が、カカシの言葉をさえぎった。「ちょっと待ってください」

ふりむくと、女性がひとり、子供の手を握って立っていた。

カカシは眼をすがめた。

「私は、あのとき……あなたに助けてもらった者です」その女性は華氷に頭を下げた。「喘息《ぜんそく》の発作を起こした息子といっしょに、あなたがあの船から解放してくれたんです。おかげさまで、息子の発作は治《おさ》まりました……あなたたちがしたことは、許されることではありません」カカシのほうをチラリと見やり、「それでも、ひと言だけ、どうしてもお礼を言いたくて……本当に、本当にありがとうございました」

華氷が苦しげに顔を伏せた。

すっかり元気になった男の子が、母親の手を放して駆けだす。華氷のところまで走ってくると、上目《うわめ》づかいで、ニッコリ笑った。

「ありがとう、おばちゃん」

「……！」

「ぼく、とても怖《こわ》かったけど……」そして、小声で急いで付け加えた。「でも……ちょっとだけ楽しかったよ」

母親のもとへと走り去る男の子を見送る華氷の眼に、涙がふくれあがった。

「華氷」カカシが呼びかけた。「飛鯱丸襲撃の主犯として、お前には死んでもらわねばならない」

「！」

「あれだけの犠牲《ぎせい》を出したんだ。これは当然の処分だろう」

「……はい」華氷の声は震えていたが、全てを受け入れる覚悟がにじみ出ていた。「どんな処分でも……謹《つつし》んでお受けします」

「ただし、お前が忍五大国の役に立つ人間だということが証明できれば、罪《つみ》一等を減じて終身刑にする」

「……どういうことですか？」

「オレの見るところ、お前の地鎖連氷《じされんひょう》は使える」

「……」

「なにを言っているんだ、カカシ？」と、綱手。「こいつの忍術が、いったいなんに使えるというんだ？」

「綱手様」カカシは綱手を見やり、「彼女の地鎖連氷は、普通の人がかけられたら、たちまち凍りついてしまいます。だが、チャクラを練《ね》ることができる忍なら、そのチャクラを巡《めぐ》らせて熱を作り出し、体が凍りつくのを防げるんです。だから、地鎖連氷を打たれたら、つねにチャクラを練っていなきゃならない。つまり、収監者たちは、逃亡のためにチャクラを使えなくなるんです……どうでしょう？　いま、鬼燈城には収監者をしっかりと監禁できる城主がいません。彼女こそ、まさに適任だと思いますが」

「なるほど……」うなずいたのは、シカマルだった。「前の城主の無為《むい》は、たしか収監者がチャクラを練ったら体が燃えちまう天牢《てんろう》って術を使ってた……この女の地鎖連氷は、その逆ってわけか……綱手様、こいつはイケるかもしれませんよ。第四次忍界大戦《にんかいたいせん》で、どの里も疲弊《ひへい》している。どこもかしこも人手が足りてねェから、このくそめんどくせー監視当番から解放してやったら、木ノ葉の株もちょっとは上がるんじゃないですかね。それに、いい見せしめにもなりますよ」

「見せしめ？」と、綱手。「なんの見せしめだ？」

「だって我龍《がりよう》は、究極の正義ってやつは、個人の自由を管理することだって説《と》いてるんでしょ?」シカマルはひょいっと肩をすくめ、「だったら、てめェの思想を信じてるこの女に、てめェ自身の自由を管理してもらいましょうよ」

綱手はとくと思案し、うむ、とうなずいた。「この件は、カカシ、お前にまかせたぞ」

「ありがとうございます、綱手様」

「ただし、就任式はちゃんとやれよ」

「………」

「これをお前の、六代目火影《ほかげ》としての初仕事にしろ」綱手がニヤリと笑った。「まさか、いやとは言うまいな?」

カカシはしっかりと綱手の眼を見て、強くうなずいた。それから、華氷に向き直った。

「船の中で、きみは言った。『力を持っているほうが、いつだって正義になる』。鬼燈城の城主になったら、きみはその力を持つことになる……オレにきみの正義を見せてくれ」

「………」

「やってくれるね?」

「……はい」華氷の眼から、涙がとめどなく流れ落ちた。それは頬《ほお》を滴《したた》り落《お》ちる、けっして凍りつくことのない、熱い涙だった。「あ、ありがとうございます……ありがとうございます……」

「それでは、六代目火影として申し渡す」と、声を張った。「華氷、お前の身柄《みがら》を鬼燈城に拘束《こうそく》する。期限は無期限。ここで己《おのれ》の行いを反省すると同時に、収監者たちの監視業務に従事し、ひとりの逃亡者も出さないよう日々努《つと》めよ！」

綱手が、うなずいた。

忍たちは、誇らしげに、新しい火影を見つめた。

「オレは心配してないよ」カカシの眼もとが、ふと和《なご》む。「きみは、他人の痛みが分かる人だから」

「ご期待に添えるように……一生懸命やります」華氷は涙をぬぐった。「カカシ様のお役に立てるのなら……どんなことでも」

「カカシ」綱手がカカシの肩にふわりと羽織《はおり》をかける。「うむ、よく似合ってるぞ」

「……」

カカシは首をねじって、自分の背中を見た。


〈六代目火影〉

ずっしりと重たいその羽織を、カカシはギュッと握《にぎ》り締《し》めた。
その後ろでは、里の仲間たちが穏《おだ》やかな微笑を浮かべていた。
燃《も》え尽《つ》きた飛虓丸が、そよ風に吹かれていた。

エピローグ

拝啓、
六代目火影様

里の西の森で、カカシは大きな楓《かえで》の根元に腰を下ろした。

三月にしては暖かく、頭上をおおう針葉樹の梢《こずえ》から降りそそぐ陽光は、汗ばむほどだった。

胸ポケットから一通の手紙を取り出す。封を切ったとたん、そこはかとない、いい香りが鼻先をかすめた。

その香りが、四か月前の、あの事件の記憶を——そう、飛鯱丸《とびしやちまる》が龍波《りゆうは》武装同盟に襲撃された、あの日の記憶を呼び覚ました。

そして、この偶然を、少し面白がった。つい昨日《きのう》、五影《ごかげ》のあいだで、鬼燈城《ほおずきじよう》の管理運営に関しての正式な合意が取《と》り交《か》わされたばかりだったのだ。

あれから、土影《つちかげ》、水影《みずかげ》、風影《かぜかげ》、雷影《らいかげ》が鬼燈城へ視察に訪れた。雷影などは、華氷《かひよう》の力量を自分の眼でたしかめると言って、彼女と手合わせまででした。

その場に居合わせた者の話によれば、雷影の剛拳《ごうけん》は城の壁に新しい穴を数個あけただけでなく、年甲斐《としがい》もなく、雷犂熱刀《ラリアット》まで繰《く》り出《だ》したそうだ。

　もちろん、雷影が本気を出していたとは、だれも思っていない。しかし、雷影が五分《ごぶ》の力しか出していないとしても、並の忍《しのび》では、華氷ほど優雅に戦うことはできなかっただろうと、だれもが口をそろえて言った。

　雷影の攻撃をかわし、華氷は相手の懐《ふところ》に飛び込んだ。そして、雷影の顔の前で、パチンと指を鳴らした。

　それだけだった。

　雷影の、ヒゲが凍りついた。

「うぬぬぬ、いつの間に術を……」

「すみません、雷影様」眼を見開いた雷影に、華氷はにっこり笑ってみせた。「素敵なおヒゲを台無しにしてしまって」

　この手合わせは、どちらも怪我《けが》なく終わった。雷影は自慢のヒゲを失い、雲隠《くもがく》れの衆に陰でさんざん笑われることにはなったが。

　ほかの影たちは、この一件を面白がった。

「あのきかん坊の、鳩《はと》が豆鉄砲を食らったような顔が見えるようじゃぜ」と、土影が言ったとか言わないとか。

　いずれにせよ、きちんと自分自身の眼で見て、ほかの影たちは結論を下したのである。

華氷の実力は、前任の草隠《くさがく》れの無為《むい》と互角、華氷をおいて鬼燈城の新城主にふさわしい者はおらず、六代目火影《ほかげ》の采配《さいはい》を全員が支持する、と。

カカシは、四つに折りたたまれた手紙を、開いた。

拝啓、六代目火影様におかれましては、いかがお過ごしでしょうか？　私は——

「よおし！」森の中に谺《こだま》したのは、ガイの暑苦しい大声だった。「今日も青春パワー全開でいくぞ、リー！」

「はい、ガイ先生！」

そしてリーに車椅子《くるまいす》を押させて、カカシの眼の前を、エッホ、エッホ、と何度も行ったり来たりするのだった。

「おや？」と、ガイが驚いてみせた。「そこにいるのは、六代目火影のはたけカカシ様ではないか？」

「…………」

「そして、その手紙……」ガイは聞こえよがしに、リーに耳打ちをした。「カカシのやつはな、飛鯱丸の一件のとき、オレが搭乗客の命を救わんと奮闘していたころ、なんと破廉《はれん》恥《ち》にも敵のくノ一をひっかけていたんだぞ」

「里のみんなが言ってたことは、本当だったんですね」リーがひそひそとささやきかえす。

「ぼくはあんな大人《おとな》にはなりませんよ、ガイ先生」

「お前たちねえ……」カカシは手紙をたたんで、胸ポケットにしまった。「オレと華氷はそんなんじゃないって、何度も言ってるでしょう？」

が、ガイとリーはカカシの言うことなど無視して、片足スクワットをはじめてしまった。

「よく言った、我《わ》が弟子《でし》よ！」ガイは左足一本で、スクワットを軽々と続けた。「あんなやつが火影でも、オレがちゃんと補佐してやるつもりだ！　よおし、今日は片足スクワット五千回だ！」

「はい、ガイ先生！」

カカシは腰を上げて、そっとその場を立ち去った。


次に手紙を読もうとしたのは、茶屋の店先だった。抹茶《まっちゃ》を一杯注文して、茶が運ばれてくるまでのあいだに、華氷からの手紙を開いた。

拝啓、六代目火影様におかれましては、いかがお過ごしでしょうか？　私は――

「おっ、カカシ先生」

眼を向けると、シカマルとチョウジがだらだらと茶屋へやってきた。

「なに読んでるの、カカシ先生?」ポテトチップスをバリバリ食べながら、チョウジが訊《き》いた。「あっ、ひょっとして、カカシ先生が職権濫用《らんよう》でものにした女からの手紙?」

「『ものにした』って、あのねえ……」カカシはそそくさと手紙をポケットに押し込んだ。

「お前たち、まだ誤解があるようだけど、あれはオレの火影としての初仕事であって、けっして職権濫用なんかじゃ——」

「まあ、そう言ってやるなよ、チョウジ」と、シカマルがかぶせた。「カカシ先生だって、とっくに三十歳過ぎてんだぜ。女のひとりやふたり、いたっておかしくねぇだろ」

「いや、だからね……」

「あの華氷って人、きれいだったもんね」と、チョウジ。「年増《としま》だけど」

それから、ふたりでニヤニヤしながら、カカシを眺めていた。

「………」

カカシは茶も飲まずに、金だけ払って茶屋をあとにした。

　里の目抜き通りを歩いていると、里人《さとびと》が次々に挨拶《あいさつ》をしてくる。が、どうも通り過ぎるはしから、クスクス笑いが聞こえてきてしまうのだった。

　これはおかしい……すっかり自意識過剰になっているカカシはそう思った。なんでオレが華氷から手紙を受け取ったことを、みんなが知っているんだ？

　カカシは歩き、だれもいない路地に入った。

　路地の両端を見渡し、しつこいほど人影が見当たらないことを確認してから、またぞろポケットから手紙をひっぱり出した。


拝啓、六代目火影様におかれましては——


「見てよ、あれ」

「!?」

「ニヤニヤしちゃって、いやらしい」

　声のほうをさっとふりかえると、サクラと、いのと、ヒナタが、板壁の上から顔をのぞかせていた。

「わっ！」びっくり仰天《ぎょうてん》したカカシの手の中で、手紙が躍《おど》った。「おま、おま、お前たち……どこから現れたんだ！」

「見てよ、あの慌《あわ》てっぷり」いのが、言った。「心にやましいことがあるから、あんなに慌てるのね」

サクラが、まるで汚いものでも見るかのような眼を向けてくる。

「噂《うわさ》は本当なんですか？」ヒナタが言った。「カカシ先生が鬼燈城の城主のポストと引き換えに、華氷さんに迫っているっていうのは……」

「そ、そそ、そんなわけないでしょう！」カカシは叫んだ。「いったいだれが、そんな根も葉もない噂を流しているんだ!?」

が、女の子たちは、もう聞いちゃいない。ひそひそとささやき合っては、まるで三羽の雀《すずめ》のように「えー、ほんと？」とか「信じらんない」とか「もうそんなことまで？」とか、ピーチクパーチクさえずるばかりだった。

カカシはまた歩きだした。

どうやら、プライバシーを保《たも》てる場所は、火影の執務室しかなさそうだった。

目抜き通りへ戻り、とぼとぼ歩いていると、ちょっとした人だかりに出くわした。人だかりのむこうで、だれかが声高《こわだか》にわめいている。

集まった皆の衆が、ドッと笑った。

「オレはマジでこの眼で見たんだってばよ！」人の輪の真ん中にいたのは、ナルトだった。「カカシ先生が、手紙を書いては破り、書いては破りしていたんだってばよ……ありゃ、ぜってーにラブレターってやつだってばよ！」

「……………」

「あんなんで、六代目火影として、大丈夫なのかなあ！」ナルトは太平楽《たいへいらく》に声を張りあげた。「いや、恋をするなとは言わねーけどよ、ありゃちょっと重症だってばよ……こないだなんか、花を摘《つ》んでさ……こうやって一枚一枚花びらを引っこ抜きながら、好き、嫌い、好き、嫌い、なんてやってたんだぜ！」

「おまえか……」眼を光らせたカカシが、ナルトの背後にそびえ立った。「おまえが、あることないこと、言いふらしていたのか」

「……え？」ふりかえったナルトの眼には、恐怖の色がありありと浮かんでいた。「カ、カカシ先生！　ちょ、ちょっと待って……」


ゴツンッ！

「いったいなんだって、こんなことをするんだっ！」ナルトの頭に落とした拳骨《げんこつ》を、カカシはふり回した。「事と次第《しだい》によっちゃ、許さないからなっ！」

「だって、だって、だって……」涙目のナルトが、頭をさすりながら、訴えた。「オレだけ仲間はずれにしてさ……みんなが鬼燈城で戦っていたのに……カカシ先生が死にそうになっているときに、オレは里でボサッとしてたんだぞ！」

「ナルト……」

ナルトは腕で眼をゴシゴシこすった。

「悪かったよ、殴《なぐ》ったりして」カカシは言った。「それに、お前に隠していたのは、オレになにかあったときでも、お前には里を守っていってもらわなきゃならないからだ」

「そんなの、分かってるってばよ……」

「あぁあ、シャレが分かんねェ人だな」シカマルとチョウジが通りのむこうからやってくる。「このバカがあることないこと吹いて回ったところで、だれも本気でそんなこと信じちゃいねェよ」

チョウジがうなずいた。

「そうよ」通りの反対から、サクラと、いのと、ヒナタも連れだってやってきた。「ちょっとみんなでカカシ先生のことをからかっただけじゃない」

「ナルトくん……大丈夫？」ヒナタが、ナルトに手を貸して立たせる。「こんなことで殴るなんて、カカシ先生、ひどい」

「え……だって、ナルトのやつが……」

「ナルトは傷ついていたんだぜ」シカマルが言った。「火影なら、そんぐれー分かるだろ」

「いや、そんなこと言われても……」

「謝るべきだと思います、カカシ先生」サクラといのが、ギャーギャー言った。「ただの無邪気《むじゃき》なイタズラじゃないですか」

「ああ、もう！」とうとう、カカシは叫び出してしまった。「分かったよ、分かりましたよ……どうしたら許してくれるの？」

ナルトとシカマルが目配《めくば》せをして、ニヤリと笑った。

しまった！　それを見たとたん、カカシは自分が罠《わな》にハメられたことを知った。こいつらに、やられた！

「オレのこの傷ついた心を癒《いや》すには……」と、ナルトが言った。「ラーメンしかねェってばよ！」

「………」

全員が固唾《かたず》を呑《の》んで、カカシの返答を待っていた。

「分かった、分かった……」カカシは両手をあげて、降参のポーズを取るしかなかった。

「じゃあ、いまからみんなでラーメンでも食いにいくか」

「イェーイ！」歓声があがった。「やったあ！」

「作戦成功だってばよ！」

やれやれ……カカシは心の中で、首をふった。不意に可笑《おか》しさが込みあげる。火影になっても、やってることは同じじゃないか。毎日、食って、寝て、つまらないことで悩んで。オレの務《つと》めは、こいつらとこうやってバカできる日を、一日でも多く守っていくことなんだろうな。

なあ、そうだろ……オビト？

それから、喜び勇んで一楽《いちらく》へと向かう生徒たちのあとを追いかけた。

降りそそぐ陽光。

どこかで、ウグイスが囀《さえず》っていた。


拝啓、六代目火影様におかれましては、いかがお過ごしでしょうか？　私は、日々の仕事に追われていますが、日増しに春めいていく季節のなかで、心穏やかに務めを果たしております——

春は、そう、すぐそこまで来ていた。

NARUTO―ナルト―
カカシ秘伝 氷天の雷

２０１５年２月９日 第１刷発行
２０１７年１２月２５日 第７刷発行

著者 岸本斉史◎東山彰良
編集 株式会社 集英社インターナショナル
〒１０１-８０５０ 東京都千代田区一ツ橋２-５-１０
ＴＥＬ ０３-５２１１-２６３２（代）
装丁 高橋健二（テラエンジン）
編集協力 添田洋平（つばめプロダクション）
編集人 島田久央
発行者 鈴木晴彦
発行所 株式会社 集英社
〒１０１-８０５０ 東京都千代田区一ツ橋２-５-１０
ＴＥＬ ０３-３２３０-６２９７（編集部）
０３-３２３０-６０８０（読者係）
０３-３２３０-６３９３（販売部・書店専用）
印刷所 共同印刷株式会社

Printed in Japan ISBN978-4-08-703344-1 C0093

本書は書き下ろしです。